空想力学少女とぼくの中二病

～転校初日にキスした美少女は、
アオハル大好きな人魚姫でした～

著：雪車町地蔵
イラスト：さとみよしたか

KN
Kinetic Novels

- CHARACTER -
海土野《あまの》真一《まひとつ》
ある理由から中二病を拗らせた高校三年生。乙姫の想い出作りに協力することに。
澪標《みおつくし》乙姫《おとひめ》
真一をヒーローにすると宣言し、世界を救うために自らの死を願う謎の転校生。
汀渚《みぎわなぎさ》友《とも》
真一とは幼馴染みであり、実家の神社では巫女も務める、快活な元スポーツ少女。
夕凪《ゆうなぎ》蛍《ほたる》
友を「ししょー」と慕う、ちびっ子たちのひとり。引っ込み思案だが行動力は高い。

御室戸《みむろと》忌部《いんべ》
真一たちの陸上部時代の先輩であり、元生徒会長。卒業後は島を出ていたが…。
諏訪部《すわべ》夏希《なつき》
島唯一の駄菓子屋を継いだ先輩。訳ありとなった真一や友たちを見守ってくれる。
太上《たいじょう》老《ろう》
季節を問わずのお堅いスーツ姿で有名な、高校の名物教師。生徒の良き相談役。

第一章　想い出の科学、空想力学

ひとがコイに落ちる音を、ぼくは初めて聞いた。

……もう二度と、聞きたくないと思った。


マンガでしか見たことがないような絶海の孤島が、日本列島の最西端にある。

辰ヶ海島《たつがみじま》。

豊かな自然と、掘り尽くされた鉱山、発電所。これらによってかろうじて賑わいを保っているメインストリート以外、何もない島だ。

そんな島にある数少ない教育機関、村立辰ヶ海島高等学校はまさに夏休みを翌日に控えていた。

終業式を目前にして浮き足立つクラスメートたちを横目に、ぼく――海士野真一《あまのまひとつ》は、滲む額の汗を拭うことすらせず、ジッと教壇を見つめ続ける。

理由は三つ。

一つ、ポニーテールの幼馴染みが、普段にも増してよそよそしいこと。

二つ、その理由が、かつて先輩と呼び親しんだ男の帰島にあるらしいこと。

そして、三つ。

「さあ君たち、静かにするんだ。高校生活最後の夏、受験前唯一の楽園《オアシス》を満喫したい気持ちはよくわかる。だが、まだ気を抜くべきじゃあない」

手を二度叩き、担任教師である太上老《たいじょうろう》が注意を促す。黒縁メガネに、一分の隙も無いサマースーツという出で立ちの彼は、教室が落ち着くまで待ち、入り口へと声をかけた。

「では、入ってきてくれたまえ」

「はい！」

爽やかな潮風が舞い込んだ。教室に、溌剌《はつらつ》した声を乗せて。

見慣れた先生の隣に、見慣れない少女が並ぶ。

この陽気の中にあって、彼女はレース生地の手袋をはめている。首にはチョーカー。透明感のある髪が、開けっぱなしの窓から吹き込んだ風にさらさらとなびく。

ぼくらとは、住む世界が根本からして違うような、浮き世離れした雰囲気の美少女。

彼女はチョークを受け取ると、黒板へリズミカルに文字を綴る。

澪標乙姫。

「転校生の澪標乙姫《みおつくしおとひめ》くんだ。夏休みを含めても短い付き合いになるが、どうか仲良くしてあげてほしい。澪標くん、自己紹介をしてくれるかな？」

「わかりました！」

少女は再び、溌剌とした声で答えた。

よく冷えた清水のような、心地よい声音だが……しかし、ぼくは騙されない。

彼女は組織のエージェントだ。もしくはテロリスト。あるいは外宇宙生物。愛想の良さに負けてデレデレしたら、彼女の仲間が突入してきてサブマシンガンを連射。両手をあげろ《ぶちょへんざ》！　なんて笑い話にもならない。

だから、みんなを守るものが必要だ。世界と理不尽から、無辜の人々を守る希望が。

……もっとも、それはぼくじゃない。ぼくには最早、資格がない。

まったく夢も希望もないなと感じつつ、ズボンのポケットへと手を伸ばす。

指先が触れたのは、一振りのナイフ。年頃の男子なら、誰だって心に刃物を忍ばせているものだが、ぼくのこいつはひと味違う。

伝説に名高い龍の卵。その殻から削り出しし、薄荷色《はっかいろ》の鉱石ナイフ……という設定のなんらか。

そう、設定。すべてはぼくの妄想だ。高三のくせに中二病。ナイフだってお遊びのようなもので、銃刀法には引っかからない切れ味をしている。そこらに落ちている枝のほうがまだしも鋭いだろう。

それでもこのナイフは、いくつもの意味でぼくへと自戒を促してくれるのだ。ナイフに込めた誓いを想い出しつつ、幼馴染みの様子を窺えば、彼女はひたすらに険しい顔をしていた。

視線を戻す。

目の前に、転校生がいた。

「え？」

きれいな浅瀬色《あさぎいろ》の瞳は、まっすぐにぼくを見つめている。咄嗟に鉱石ナイフを強く握った。

風が、吹く。

少女の髪が揺れ、爽やかな柑橘に似た匂いが鼻先をくすぐる。

ぱっちりとした二重。長い睫毛。線の通った鼻梁。桜貝の色をした唇。やわらかそうな薄桃色の頬。抱きしめたらきっと壊れてしまう華奢な体。

視線がそらせない。彼女がどうして、こんな間近にいるのか理解できない。

けれど本当に理解不可能だったのは、このあと彼女が取った行動だった。

弾けるような笑顔を浮かべた転校生は。

「んー！」

――突然、情熱的な口づけをしてきたのだから。

「私のこと、想い出した？」

思考が停止したぼくへ、彼女は問い掛けてくる。

「そっか。じゃあ、次だね」

呆然としていると、少女は両手を広げ、言い放つ。

「ねぇ、これからスゴいことが起きるよ！」

とっくに起きてるよ！　先生も、級友達も、みんな唖然としちゃってるじゃないか。

え？　いや、なに？　ひょっとしてぼく、キスされたのか？　よりにもよって――自分でもどうかと思うが――この歳まで守り通したファーストキスを奪われたのか!?

おいおいおい、落ち着け海士野真一。初心《ウブ》だからって焦りすぎだ。これはなんらかの通過儀礼、もしくは精神攻撃を受けている可能性がある……！

「いちについてー、よーい！」

「待って転校生、なにをするつもり――」

「どん！」

問答無用とはまさにこのこと。混乱しきったぼくの両手を取ると、彼女は教室を飛び出した。

手を引かれるまま、廊下を引きずられ、階段を上らされるぼく。

あれよあれよという間に辿り着いたのは屋上。こんな地方の高校だから、セキュリティーはざるの一言。簡単に入れてしまう。いや、いやいやいや！

「なんなんだよ、おまえっ」

ようやく正気に戻ったぼくは、彼女の手を振り払って叫んだ。

きょとんと目を丸くする転校生は。しかし次の瞬間、真剣な顔でこちらを指差す。

「真一くん」

「なんで」

ぼくの名前を知っているんだという言葉は、飲み込むしかなかった。

なぜなら。

「きみには、ヒーローになってもらいます」

とても、とてもきれいな、花咲くような笑顔で告げて。彼女は屋上の縁へと向かって走り出す。

そして——


……ひとが故意に落ちる音を、ぼくは初めて聞いた。

嵐のような転校生、澪標乙姫は。

このようにして、学校の屋上から飛び降りたのである。

§§

「ふっざけんな馬鹿野郎！」

階段を転がり落ち、焦燥をねじ伏せ、廊下をできるだけ足早に進む。本当は駆け出したいけれど、ぼくは走ることが許されない。

学内は騒然としていた。悲鳴や怒号が飛び交い、皆一様に窓の外を覗き込んでいる。

当たり前だ、まさにいま、人が飛び降りたのだ。

馬鹿か？　馬鹿なのかあいつは？　なにを考えているのか知らないが、いきなり身投げなんかしやがって！　背中に羽でも生えているなら別だ、天使でも悪魔でも、この際ドラゴンでもいい。飛べるなら構わない。けれど彼女は、普通の少女で。ただ、浮き世離れした美少女なだけで。

「オー、マイ！」

信じる神などいないがそれでも毒づき、行き場のない憤りを抱えて、校舎の外へと飛び出す。

そこで、少女は。

「えっへへっへー」

笑っていた。

グラウンドで、大の字に寝そべり、気恥ずかしそうに。

「ひどい怪我だ……」

少女の首は有り得ない方向を向いているし、口からは血がこぼれている。頭を強く打ったなら動かしてはいけないと授業で習った覚えがあるけれど、これはそんなレベルじゃない。

「んー？　大丈夫。こんなのへっちゃらだよ、いつものことだし」

大丈夫なものか。へっちゃらなものか。

彼女を抱き抱えながら、泣きそうになる。

「どうしてこんな、馬鹿な真似を」

「話すと長くなるけど」

「話すな、すぐ先生を呼んでくる！　病院に行くぞ！」

「そう言う心配は、必要ないので。どちらかというと、しっかり見ていてほしいと言うか」

頭おかしいのか、首折れてんだぞ。奇跡的に一命を取り留めているだけで、すぐにでも本土の病院に行かないと――

そんな説得の言葉は、しかし続くことはなかった。

彼女の胸の部分へ、ぼんやりとした光が集まりはじめ、全身を輝きで包んだからだ。

否、ことはそれで収まらない。

彼女を中心とした光は、そのまま爆発するかのように世界中へと広がって。

「ぱんぱかぱーん！　ふっかーつ！　私、ふっかーつ！」

まばゆさで反射的に閉じてしまった瞼を開くと、少女が立ち上がっていた。

スリーピースを顔の両横で構え、ウインクをとばしてくる彼女は、全くの無傷。先ほどまでの重傷は影も形もなく。やたら自己主張の激しい健康体がそこにいて。

「おまえ」

「むー、おまえじゃないよ」

「なに？」

「私は乙姫。澪標乙姫！　今度は名前で呼んでほしいなって」

重要なことなのか、それ？　正しき真名で呼ばれなければ契約に応じないとか、そう言う設定？

つまり、ぼくと同種？

「ふざけんな。こっちは本気で心配してるんだ。本当に……大丈夫なのか？」

「だいじょうVサイン！　なにせ私は、不死身なので」

は？

「私は、不死身の人魚なので！」

……ぼくこと海士野真一は中二病である。

ひねた考えで世渡りし、白昼夢と妄想に身を任せて生きてきた。けれども、他人の痛いエピソードには人一倍敏感であった。

ゆえに、澪標の世迷い言を信じるのは難しかった。痛いやつと言うか、さっきまでの怪我はマジで痛そうだったし。変なところで常識や羞恥というブレーキがかかるのも、中二病の常だ。

とにもかくにも、今は彼女を病院へと連れて行くのが先決だろう。もしかすると頭の打ち所が悪くて与太話をしているのかも知れないし、精密検査の必要がある。大人の判断だってほしい。

だから、先生を呼ぶために振り返り、校舎を見て。

しかしぼくは、首をかしげることになった。

だれも、こちらを見ていないのだ。あれだけ聞こえていた喧噪も、今や存在しない。

見える限り、みな着席して、大人しくホームルームを受けている。

……勘弁してくれ。今日まで同期の桜だと思っていた連中は、どっかの先輩と同じく、転校生が投身自殺しても無視するような冷血漢なのか？　それともおかしいのはぼくのほうか？

「真一くんは正気だよ。でも、さっきの出来事はぜんぶなかったことになっちゃったんだもん。ほとんどの人は覚えてない。おわかりいただけますか《どぅーゆーあんだーすたん》？」

「おわかりいただけません《ノットアンダースタン》。おまえ、やっぱり病院行ったほうがいいよ……頭の」

「もー！　だから違うってば。私はなり損《そこ》ないであっても、壊れているわけじゃないの」

ぷんすこ！　と怒りをあらわにした彼女は、制服の裾へと手をかける。

待て、今度はなにをするつもりだ？

「見せつけてあげる。これが、人魚の証明だっ」

がばっと上着をまくって見せる澪標。

慌てて目を背けようとして――しかし看過できない異常が、ぼくの目には飛び込んできた。

「なんだよ、それ……」

ふくよかな双丘、その下弦からつづく柔らかそうな白い肌。

けれど、へその部分にいたって、異様があらわになる。

〝うろこ〟。

びっしり……というほどではない。

けれど確かな数のうろこが、下腹部から腹筋のあたりにかけて生えそろっているのである。

――人魚。

その言葉が、頭の中でよみがえる。馬鹿な、ありえない。でも。

「そして、こっちにもうろこはあったり」

彼女は首のチョーカーを外す。

ひときわ美しく輝く、他とは形状が逆のうろこが、首には生えていた。

「オー、マイ……ぼくは幻覚を見てるのか？」

「なんなら触ってみる？　そうしたら信じられるでしょー？」

「いいのかよ」

「いいよー」

気軽すぎる返事。おっかなびっくり、ぼくは首のうろこへと指を伸ばす。

「きゃうっ」

「変な声出すなよ!?」

「変な触りかたするからだよ！」

ノー、ノー。断じていやらしい手つきで触ってなどいない。これはあれだ、学者が被検体を解剖するような、そう言う理知的な触りかただろう。たぶん。おそらく。メイビー。

「よしっ」

改めて指を伸ばす。触れた瞬間、突風が吹き荒れた。

嵐だ。

目を開けていることも難しいような暴風雨。ぼくの横を大きく、どこまでも続く風が追い抜いていく。風はうねりながら空へと舞い上がる。

キラキラと輝く疾風《はやて》は、まるでいくつものうろこをまとった〝龍〟のようで――

「やっぱり君は、こっちのうろこに触れるんだね」

我に返る。

どうやら白昼夢を見ていたらしい。当然だ、ぼくはあんな光景、知りはしない。けど……。

「澪標……もう一度、触るぞ」

「うん。できれば、首以外で」

「ざらっとしてる」

「うん」

「きれいだ」

「……うん」

〝龍〟の姿を、二度見ることは叶わなかった。

ただ、じっくり触ることで、幾つか判明したこともある。肌触りは、魚のうろこより、ハ虫類のそれに近い。ひんやりと冷たく、少しだけ硬く。それで、まばゆいぐらいに、きれいで。

「おまえ、本当に人魚なのか」

このうろこは、とても作り物とは思えない。それに彼女がぴんぴんしていることも、不死身だからと言われれば納得……は出来ないが、飲み込めはする。

「そう、私は人魚だよ。なり損ないの、人魚姫」

服とチョーカーを着直しながら、少女は自らが人魚であると繰り返した。

「このうろこはねー、空想力学の結晶なんだー」

空想力学？

「想い出の科学、空想力学。私が忘れたくない想い出の数だけ、それがかたまりになったもの。それが〝うろこ〟。でね」

彼女は、いま一度ぼくを指差して。

「真一くん。きみには、ヒーローになってもらいます」

微笑みながら、こう告げた。

「私が死ぬのを、手伝ってほしいんだ」

§§

「この世は緩やかに狂っていて、その〝ゆがみ〟を糾《ただ》すためには私が死ななくちゃいけない。でもそれって限界があって、何せ私はなり損ないで。だから想い出を集めているの、天国へ登るために」

澪標が口にする話はちっとも要領を得なかったが、それでもぼくは信じてみようと思った。もう少し正確を期すのなら、彼女の〝遊び〟に付き合ってもいいと思えたのだ。

遊び。遊びだろう。遊び以外であるものか。

しかし、理不尽なこの世を、それでも楽しもうとする気持ちが、ぼくは嫌いじゃなかったのだ。

さて、そうなればいつまでも校庭にいるのは悪手だろう。

人目につくし、話し合うべきことは山とある。

だからぼくらは、清々しくも本日の学生活動をブッチした。

どうせ終業式の前だ、人生に重要な話なんてしやしない。社会へ出るまえ、最後の猶予期間《モラトリアム》を謳歌する方が、ずっと大切なはずだ。

そのために、通学用の自転車を引っ張り出し、〝ハブ〟を後輪のガイドへと装着する。

「澪標、おまえ、自転車こげるか」

「馬鹿にしないでほしいな。ペダルの漕ぎ方はばっちり覚えてる。でも、真一くんが漕いでくれたほうが様になるもん。絵になるかどうかは、空想力学的にすごく大事だよ」

「意味はわからんが……しゃーねーか」

ぼくの自転車に荷物置き《キャリア》などという余分なものはないので、彼女にはハブの上に立ち乗りしてもらう。道交法？　島の巡査さんはこんなことで目くじら立てないよ。

「よし、いくぞ」

「ゴーゴー、スタートダッシュ！」

「無茶言うなし」

降り注ぐ日差しを背に受けながら、えっちらおっちら自転車をこぎ出す。

校門を抜けると、待ち構えていたのは下り坂。空を映していた視界が、傾斜にあわせて町並みと、
海へフォーカスを当てる。加速。風が、ぼくらの頬を撫でた。

「ひゅー！　いいね、はやいね、サイコーだね！」

夏服が、涼風を浴びてバサバサと翻る。

大はしゃぎする自称人魚姫だが、いくつか聞いておかなきゃいけないことがあった。

「なあ、澪標」

「乙姫だよ、乙姫」

「死ぬのを手伝ってほしいってのは、どういうことだよ」

「そのままの意味ー」

意味ー、じゃねーよ。ぼくはまだ、刑務所暮らしなんざ体験したくない。

はっきりくっきり、希望がなさすぎる。

「世界がどうこうってのは？」

「あーーー」

聞いていない。彼女はぼくの両肩へと手をかけて、風を浴びることに夢中だ。

話をするつもりがないのだろうか？

「あ、ごめん。ちょっと風の奏でる歌が心地よくて。話はちゃんとしてあげるってば」

「そりゃあ有り難い。ところで、パンツ見えてんぞ」

「うそ!?　今日は穿いてないよっ？」

……おう、マジか。

「なんて、うっそー。あれれー、ひょっとして想像しちゃった？　もうこの、思春期なんだからー」

「最低だ」

青少年の心をもてあそぶなど、悪鬼羅刹の所業である。

「あはははは。それじゃあ、語ろうか。そう、世界の秘密ってやつを！」

……どうやらこの少女、中二病の心をくすぐるのが、ことのほか上手いらしい。

「世界の成り立ちは、人の記憶の成り立ち。誰かが〝ある〟と観測したときから、この世は存在を始めたんだよ」

「認識論ってやつか」

「ちょっと違うかなぁ。これは空想力学の話だから。でもね、だいたいオッケー。それで、この世が開拓されて、人のものになるたびに、少しずつ世界は柔軟性をなくしていったの。そこに当然あったはずの〝ロマン〟が失われていったんだね」

ロマンって、なんだよ。

「神様とか、モンスターとか、奇跡とか、そう言うもの。神秘って言い換えるとわかりやすいかも」

「つまり、人の目には見えないはずのものがある場所――アマゾンの奥地とか、深海とかに、ずかずか人が踏み込むようになったから、不思議ってやつが消滅したと？」

「おー、飲み込みが早いね。ステキ、かっこいい、世界一！」

褒められている気がしない。中二病のたしなみみたいなものを口にしているだけなので、足し算が出来て偉いねと言われた気分だ。しかし、それはそれとして、こういう会話は楽しい。

ジョークとしても、悪くない。

久しく、誰ともこんな話、していなかったから。

「もう少し詳しく言うと、見えない場所は街の裏路地とかでもいいの。でも、そう言う場所は稀少になっちゃった。いまだと沢山の人の目についたものは科学的に分類されちゃうでしょ？　それって、神秘を解体することだから、未知と一緒にロマンは消えてしまうのです」

だいたいわかった。監視カメラが至る所にある現代では、秘密なんてあったものではないもんな。

「それで、おまえも神秘の一部だってのか？」

「うーあー。それは全然違うんだけど」

「違うのかよ」

「うん、想い出の運び手と言うか、ロマンなき世界の全権委任者と言うか……でもね、根底は同じ。神秘が失われたことで、世界にはゆがみが生じるようになったの」

ゆがみ。

「少しずつ、発狂を始めたといってもいいね」

うんうんとうなずいてみせる彼女だが、なかなかシビアな言葉をチョイスする。

発狂など、今日日使わんぞ。

「それで、ようやく私が出てくるのだけど、私が死ぬと、世界のゆがみが糾《ただ》されるわけ」

「なんで」

「そうなってるから、としか説明できないんだけど。記憶されている形にリセットされると言うか、神様に直談判できるっていうか……でも、私はなり損ないだから、それもうまくできなくて」

そう言えば、さっきからやけに強調するよな、自分はなり損ないだって。

「うん。だから、私は想い出を集めなくちゃいけない」

「集めると、どうなる」

「死ねる」

「……話を聞くの、やめてもいいか？」

「あー、待って待って、ちゃんと言うから、待ってー！」

彼女は慌てたように抱きついてくる。その拍子に、背中になんだか柔らかいものが当たった。

……パンツを穿いていないとか言っていたな。さっき見たとき、ブラジャーもつけていなかった気がする。え……まじ？

「わかった、聞く。聞いてやるから離れろっ」

「トゥルーヒーローは話がわかるねー、いいぞ、男の子はそうじゃなきゃ」

「それだ」

「どれ？」

「その、ヒーローってやつがわからん」

ぼくはもう、主人公《ヒーロー》ではない。ヒーローであることは、やめたのだから。

苦い顔をしていると、彼女は笑った。

「あのね、私、生きてみたいんだよ」

飛び降りした少女が、そんなことを言う。

「人魚てさ、不老長命なんだ。年もとらずに長い時間を生きるの。でも、それって死んでるのと一緒で、実際、私は死んで世界のゆがみを直すために存在してきた。だから、さ」

真剣な声音で、先ほどまでのおちゃらけた様子など吹き飛んでしまったように、少女は告げる。

「私は、生きてみようと思ったのでした」

「………………」

「どっかの誰かが言ってたよ。人間ってのは、終わりが来るから、いつか死ぬから必死で生きるんだって。それってさ、リクジョーに似てない？」

リクジョー？

「ちょーきょりとか、たんきょりとか、キングオブアスリートとか」

「残念だが……ぼくが陸上部だったのは過去の話でな」

「だとしても、だよ。走り出してゴールに飛び込んで、笑顔になる。私もそうしようと思った。それで、終わらせるためには想い出を集めなきゃいけないんだ」

彼女は続ける。

たくさんの、スゴくたくさんの、きれいな想い出を集めたいのだと。

「そうしたら、世界は二度とゆがまない。狂うこともない。私は、きちんと生きて死ぬことができる。ただ、死ぬためには想い出が必要で、天に昇るには身体が邪魔って話なの。肉体は重いし、魂の殻として認識されているからね。想い出《ロマン》だけを連れていくのが、正解なんだよ」

「そんな与太話を信じろっていうのか？」

荒唐無稽にもほどがある。自殺したいから想い出集めをしてくださいなんて、メンヘラでも大概だ。命を粗末に扱うやつに手は貸せない。見ず知らずだろうが関係なくだ。

「でも、真一くんって、私みたいなの放っておけないでしょ？」

「――――」

「きゃっ。ちょっとー」

とっさに、自転車を止める。彼女の言葉が、意外にも堪えて。

くそ、ぼくはなにをしているんだ？　学校をサボって、頭のおかしいこんな女の話を聞いて。

誰彼かまわずに手を伸ばしたって、意味がないことは思い知ったはずなのに。

「ぼくは……誰の希望にもなれなかった。夢見がちなヒーロー失格なだけだった」

「……私の話、信じてないんだ？」

「無理だ。中二病患者は、誰よりも現実のシビアさを知っている」

「だったら、確かめてみようよ」

「なに？」

「てっぺん」

彼女は、自転車から降りると、空を指さした。突き抜けるように遠い空の果てを。

「あそこから見下ろせば、きっと真一くんも信じられるよ」

そう。

「世界がすでに、発狂を始めていることを」

§§

「ねぇー、まだー？」

「うるさいぞ。おまえはいつになったら成仏するんだ？」

「アオハルできたら逝けるかもね。人魚を幽霊と同じあつかいにするなら、だけど」

どこから取り出したのか、彼女はロリポップをおいしそうにかじり、カラコロと音を立てている。

いったん我が家を経由して、ぼくらは辰ヶ海島で一番高い山、物見岳の山頂にある公園にいた。

「飴は学則で禁止だぞ。お菓子の持ち込みは厳禁だ」

「私、転校生だから。それとも、分けてほしい？」

いままで舐めていた飴をこちらへ突き出し、微笑んでみせる少女。

共犯者扱いを受けているようで、少しドギマギする。

心を落ち着けるため深呼吸をして、ぼくは鞄の中身を取り出した。

「科学部なら、ドローンとか持ってるんだろうけどな」

「真一くんは持ってない？」

「おあいにくさま、趣味につっこむ金しかなくてな」

軽口を叩きつつ、大きめのペットボトルを数本取り出す。

ドローンの代わりに、無線カメラ積載式ロケットを作って打ち上げ、空から周囲の様子を窺おうという寸法だ。もちろんカメラは、ロケットごとあとで回収する。

「高いカメラだ、大事に預かっていてくれ」

「おー、すてき。文明の利器だね。人間の叡智の結晶だ。これが真一くんの趣味？」

「違うよ」

否定しつつ、細かな計算をはじめる。

ペットボトルロケットの世界記録は八百三十メートル。そこまで行かなくても、この山の上からなら周囲の様子を見るには十分なはずだ。となれば、必要な空気圧はこのくらいで……。

「真一くんはさぁ」

なんだよ。ぼくはいま忙しいんだ。

「海の色って、何色だと思う？」

「……そりゃあ」

海色だろ。

「そっか」

彼女は納得したように、ひとりで何度もうなずいてみせる。

「海、見たいなぁ」

「好きにすればいいだろ。周囲四方は海だぜ」

「そうじゃなくて、青い海」

「……は？」

「夏の間に、私が天国に昇らないと世界は狂っちゃうんだけどさ。その前に、見たいなぁって」

なんだこいつと思いながら、ぼくは作業を続ける。

ポケットから鉱石ナイフを取り出し、ボトルの側面へ当てたところで茶々が入った。

「えー、はさみとかカッターの方がよくない？」

「いいんだよ、このナイフは特別製だから」

「ナイフっていうか、無加工の石の断片っていうか、なんだかこう……」

「はっきり言えよ」

「ストロングスタイルだね！」

うっせー！　初めて作った想い出の鉱石ナイフなんだよ、形がいびつで悪かったな！

……とはいえ、このナイフには不思議なところがある。

人や肉はもちろん切れないのだけれど、例えばこんな風に。

「お、おお？」

スッと、非生物であれば、両断することができるのだ。

それも、とてもきれいに、まっすぐに。

「想い出のナイフか。うんうん、それも空想力学だね。とくにそれは、なにより重たいことを私は知ってる」

「意味がわからん」

「どんなものにも、由来があるってこと」

「あっそ」

無意味な問答を繰り返しながら、ぼくらはロケットを組み立てた。

……どっかの誰かと、一緒に打ち上げようと思っていたものだけれど、どうやらそんな機会もなさそうだし、ここが使いどきだろう。

「どうかした？」

「いんや。なんでもない。よっしゃ、出来た。水を注いで、それから空気を入れていくぞ」

「あ、それやりたーい」

「空気入れをか？」

「やらせてやらせて」

子どもっぽく頼まれれば、拒否する気も起きない。もとよりこの暑さである、労働しなくていいのなら、それにこしたことはないのだ。ぼくは素直に空気入れを明け渡す。

「よーし、いくぞー」

かしゅ、こぽ、かしゅ、こぽ。

間の抜けた音を立てながら、額に汗かき、彼女は空気入れを強く上下させる。

「真一くんには難しいと思うけどさ、ピストンはね、一定の速度でやるほうが気持ちがよくてね」

「おまえほんと最低だな」

よく考えるとこの女、下着を身につけていない。

そんなやつがすぐそばで、暑さに顔を赤くして、呼気も荒くカシュポコやっているわけで。

……いやいやいや。なんでもない、なんでもないぞ、男の子。

かしゅ、ぽこ、かしゅ、ぽこ。

かしゅ——

「ふぅ、どう？」

「こんなもんじゃね？」

「じゃあ、早速打ち上げだ！」

「おう」

ぼくは人差し指を舐め、まっすぐに空へと向ける。

「風よし、方位よし」

「電波よーし！」

「ふざけろ」

「発射！」

言われるがままに、安全装置を解除しトリガーを引く。

瞬間、水しぶきをまき散らしながら、ロケットが蒼穹へと飛び立つ。

「わぁ……！」

「おお」

ぐるぐると螺旋を描き、水滴の尾を引きながら、どこまでも、どこまでも上昇していくペットボトルロケット。予想よりも遙かに早く、そして遠くへと飛んでいく。

「すごい、すごいね！　ねぇ！」

楽しげにはしゃぐ澪標は、なんだか儚げで。

「……んー？」

あることに気が付いたぼくは、錆び付いた機械のように首をかしげる。

彼女の手に、小型の機械が握られたままになっていたからだ。

「なあ、澪標」

「乙姫。私は乙姫だよ」

「じゃあ、乙姫さんよ。その手に持っているものは、なんだい？」

「これ？　これは……カメ、ラ？」

「………」

「………」

「………」

「てへ！」

てへ！　じゃねーよ！　骨折り損じゃねーかこのバカ！

……結局、ロケットを大慌てで回収して、やりなおし。

今度はしっかりカメラもつけて、確認を徹底。トリガーを引き絞る。

「たーまやー」

「そうは言わんだろ、そうは」

一直線に空へと登るぼくらのロケット。

キラキラと飛沫を受けて輝く乙姫と。

ギラギラと輝く太陽から目を背けて、ぼくはすぐさま携帯端末を起動した。携帯には、無線でカメラの情報が流れてくる。大丈夫、今度はつけ忘れていない。

回転して、安定しない視界。けれど、やがてその時がやってくる。

頂点《ピーク》まで達したロケットは、一瞬だけ重力を無視して停止。

そして、落下をはじめて――

「――え？」

カメラが映し出す光景。スマートホンに転送される画像。

それは。

「ねぇ、真一くん。海って、本当は青色をしているんだよ」

「……それも、嘘だろ。海の色は〝海色〟だ」

そこに、映し出されたのは。

「君なら想い出せるはずだよ、本当の海色を。ブルーマリンブルー。かつてあった海の色を。〝青色〟

を！」

映し出されたのは、周囲四方の風景。

辰ヶ海島——だけの世界。

この島だけが、世界という地図から切り抜かれたかのようにぽつんと存在し。

周囲のすべては、本土の景色は、黒色に。

なにもかもが、〝真っ黒な海〟に沈んでいて——

「辰ヶ海島は最後の砦。空想力学を許容するおしまいの楽園。想い出を集めて、うろこを束ねて、私が完成しないと、いつかはここだって消えてしまう。私はさ、もう一回、青い海が見たいんだよ。だから、ね。真一くん」

唖然とするぼくに向かって少女は。

澪標乙姫は、大輪のひまわりのような笑顔を浮かべると。

こう告げたのだ。

「青春《アオハル》っぽいこと、しようぜぇー！」

第二章　ゆがむ世界の夏休み

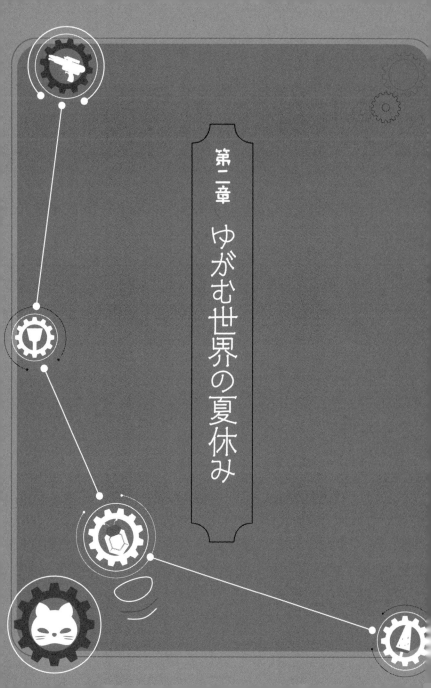

辰ヶ海島の夏休みは、何事もなくはじまった。

いつもと変わらない夏、代わり映えのしない窮屈な日々。大学受験までのカウントダウン。持て余すようなモラトリアム。昨日までのぼくだったら、きっとそう感じていたに違いない。

けれど乙姫と出会い、この島を、世界を空の上から俯瞰した瞬間、海士野真一はおかしくなった。

決定的に、ズレてしまった。

もとから教室で浮いていただろうってのは、この際無しだ。

中二病なんだから変なのは当たり前というのも置いておく。

なにせこの目には、どうにもよくわからないものが映るようになってしまったのだから。

はじめはただの違和感だった。けれど、違和感も積もり積もれば確信へと変わる。

目抜き通りを行き交う人々のなかに、ときおり現れる影法師。

目も鼻も口も顔もない〝なにか〟は、ゆらゆらと滲み出ては路地裏へと消えていく。

道の上には虹が架かり、虹は逃げ水のように、追いかけても追いかけても遠ざかる。

一番の変化は……雪だ。

真夏だっていうのに、暑さも日差しも変わらないのに、しんしんと雪花が降りしきるのだ。

このことに、だれも違和感を覚えない。見えていながら、気にも留めない。

そう、ぼくと乙姫以外は。

「空想力学は想い出の科学。ひとが知らないことは、だれにも認知されないんだよ。そして認知が固定されない限り、どんなトンデモだって成立させてしまうのが神秘なので。だから本当の世界の様子を、みんな忘れちゃったのです」

「ますます観測者理論じゃねーか」

「だとしても、真一くんだけが世界の正しい姿を知っているってのは、変わらないことでしょ？」

そんなぼくだから、彼女は頼ってきたのだという。

選ばれたことは、素直にうれしい。中二病のぼくは、運命へと立ち向かいたい衝動が常にある。

それが美少女のお墨付きならば、喜ばない男子はいない……と思う。

ただ、こんなとち狂った現象に巻き込まれるのは、正直まっぴらごめんだった。

なにより嫌なのは、こいつが死ぬためにぼくの協力を求めていること。

「そうはいうけど、ずっとこのままじゃ困るでしょ？　それに、きっともっとひどくなる。狂った世界を、みんなは正しいと思うんだよ？　それってヒーローに耐えられること？」

「だから、想い出作りに協力しろって脅すのか」

「真一くんには、守りたいものとか、ないの？」

……嫌な角度から責めてくる女である。守りたいもの、この手をすり抜けていってしまったもの。

そんなもの、山ほどあって。

「……手伝えば、いいんだろ」

「やった。さすがはフォーエヴァーヒーローだね」

「ヒーローはやめろ。ぼくはただの中二病患者だ」

「じゃあ、契約の握手をしよう。シェイクハンドプリーズ」

彼女の要請を受けて、ぼくは右手の人差し指を伸ばした。

「……？」

真似をする乙姫。ちょこんと、指先だけを突き合わせる。

「よし、契約完了。これで締結な」

「え、えー!?　もっとちゃんと握手しようよ！」

いやだよ。なんかその……気恥ずかしいだろ、女子と手を繋ぐのって。

「ど、童貞ー！　まったくもう」

プリプリと怒ってしまった彼女は、ロリポップを取り出し舐め始めた。

「……ところでさ、真一くん」

「なんだよ」

「このかっこう、どう？」

くるりとその場で一回転する乙姫。

本日、乙姫のお召し物は学生服ではない。

フリルやリボンがたくさんついた、透け感のある水色のドレスだ。チョーカーと手袋は相変わらず。目立つうろこは隠したいということかもしれない。

「かっこうね。所感でいいか」

「どーんとこい」

「暑くねーの？」

「デリカシー！　ほんとそう言うところだよね童貞って、ゼンゼン乙女心がわかってない！」

ほとんど初対面の女に、デリカシーを非難される覚えはない。

と言うか、童貞と連呼するのだってデリカシーの問題だろう。しかし……そうだな。

「に——似合ってるんじゃ、ないか」

「ん？」

「その、おまえはそう言うヒラヒラ、似合う気がするよ」

少なくとも、ぼくの周りにそう言う女の子はいなかった。

いたのは、もっと活発な、どうしようもないほどお転婆極まりない幼馴染みで。

「にへへへ」

「うわ、きもちわる」

「ひどい！」

いや、いまの笑い方はヤバいだろ、鳥肌立ったわ。

「真一くんはダメダメだね、女子の扱いがヘタヘタさ……まあ、いいけど」

「よくはねーよ。確認だけど、本当にぼくら以外はこの不可思議現象を認識していないんだな？」

「うん、普通のことだと思ってるよ。だから私たちも、普通に青春をしよう」

青春をするったって、そんなの、やろうと思ってできるもんでもないだろう。

そもそも、ぼくとは縁遠い代物だしな、青春……。

「それはそうだけどさー」

「同意すんなよ、この野郎」

「野郎じゃないよー、尼だよー。……あ」

そこで、彼女はおなかを押さえた。

くぅぅぅ……なんとも間の抜けた、少しだけかわいらしい音が鳴り響く。

「……っ」

乙姫が顔を真っ赤にしてうつむく。

やれやれ。

「とりあえず、小腹でも満たしに行くか」

「ほんと!? やったー、真一くん優しいかっこいい世界一ぃ！」

調子のいい人魚姫をエスコートしつつ。

ぼくらは目抜き通りをぶらつきはじめたのだった。

§§

メインストリートをまっすぐ抜けて、港のほうへしばらく歩けば、浜辺の近くに古びた商店が見えてくる。

諏訪部《すわべ》駄菓子屋。

島の誰もが一度はお世話になる、子どもの味方、なんでも置いているリーズナブルな商店だ。

店内に入ると、色とりどりのお菓子に、テーブル代わりである鉄板台が出迎えてくれる。

「夏希《なつき》先輩、いるっすか？」

「はぁん？　その声は……〝いまひとつ〟か。すぐにいく」

ちくりと胸が痛む呼び名を口にして、店の奥から、店主が顔を覗かせた。赤みのかかった髪に、エプロン姿の女性。禁煙補助のハッカパイプをいつも咥えていて、メガネの奥の眼は糸のように細い。

我が高校のＯＧである諏訪部夏希先輩だった。

卒業と同時に駄菓子屋を継いだ先輩は、とても面倒見がよく、後輩連中から慕われている。

「なんだ、いまひとつ。見慣れない顔の娘を連れているじゃあないか。ひょっとして……友《とも》っちから乗り換えたのか？　はぁん、罪作りな男め」

「ぼくが罪作りなことは否定しませんけど。ねぇ先輩、いい加減その〝いまひとつ〟ってのはやめてくださいよ」

聞くたびに、胸が痛くなる。

ただ、そんなことはとても口に出せないので黙っていると、先輩はニヤニヤと笑って、

「おまえみたいな青二才は、いまひとつで十分なんだよ」

揶揄《からか》うように、そう言った。

「それで？　カメラ、役に立ったかい？」

島を俯瞰するために使ったペットボトルロケットのパーツと無線カメラは、なにを隠そう夏希先輩が調達してくれたものだ。

ロケットはある人物と遊ぶため。そして、カメラは――

「使用に耐えたっすよ、カメラ」

「なにに使ったんだ？　あれか、友っちの着替えを盗撮か？」

「そんなこと」

絶対にしない。ぼくがやったのは、島の玄関口、港の監視だ。そして、それが一定の成果を上げたからこそ、お役御免となったカメラを、ロケットに流用できたのである。

少しばかり胸の内が重くなったとき、不意に袖を引かれた。

乙姫が、我慢の限界といったありさまで、うずうずとこちらを見上げてくる。

「真一くん、お菓子、いっぱい……！」

「おまえもおまえで我が道を行く自由主義者だよな」

「だって！　お菓子はひとを笑顔にするよ、笑顔は幸せの証《あかし》でしょ！」

「なんだお嬢ちゃん、駄菓子が欲しいのかい？　なんならそこの鉄板でもんじゃ焼き、お姉さんが手ずから焼いてあげようか？」

「いらん。このくそ暑いのに食えるか」

「ごもっとも」

カラカラと笑いながら、番台に腰掛けた先輩は、携帯オーディオプレーヤーを引っ張り出して音楽を聴きはじめる。

「なに聞いてるんです」

「V系バンド」

「……なんですか、V系バンドって」

「え」

え？

「知らないのかよ、V系バンド」

「知らないっすよ、V系バンド」

「現代音楽、ヴィジュアル系のことだ。外面だけだとか、音楽で勝負してないなんて抜かす輩もいるが、フォークやロック、パンクの時も同じことを言った連中だ、傾聴に値せんよ。と言うか、本当に知らないのか、V系バンドぉ？」

まくし立てるように語ったあと、ジェネレーションギャップに打ちひしがれ、頭を抱える夏希先輩。うん、こっちはこっちでポンコツだ、放っておこう。

無視を決め込むと、彼女はゾンビのような足取りで店の奥へと消えていく。

店番など気にしない。その程度には、ぼくらを信用してくれているから。

「それで乙姫、おまえはなにが食べたいんだ？」

「それはもちろん」

もちろん？

「冷たいアイスクリンなので！」

恋に恋する乙女のように、眼をキラキラと輝かせながら、そんなことをのたまう人魚姫。

「あ、でも、できればふたりでポッキンできるシェアな氷菓もロマンがありまする」

「すまん。日本語でオーケーだ」

「ないですか、ロマン？　私と、真一くんで、ソーダアイスを半分こするの」

それは。

「まあ、別にいいけど」

「やったー！　では、さっそく」

業務用冷蔵庫の蓋を開け、中をガサガサとあさりはじめる乙姫。

まるで恋人のようだ、などという言葉は飲み込んだ。そもそも、乙姫に対してぼくは恋愛感情を抱けそうにないし、タイプでもない。……いや、これ自体が意識しているようで癪だ。

深くため息を吐き、サイフを引っ張り出す。

「先輩、おかね、ここ置いときますよ」

「おー、勝手にどーぞ」

投げやりな返事に苦笑して、ぼくは小銭を取り出し――


「――なんで、ここにいるのよ」


どうしようもないぐらい、聞き覚えのある声が鼓膜を揺らした。

動揺は身体を硬直させ、手のひらから小銭が滑り落ちる。呼気が乱れ、心臓が早鐘を打つ。ちゃりん、ちゃりんと音を立てて、落ちた五十円玉がくるくると回る。

ゆっくりと、ひどく緩慢に振り返れば。

日差しのなかに、乙姫とは対照的な少女が、立っていた。

「どうして、ひとりじゃないのよ。どうしてそいつと……その子とふたりでいるのよ、ねぇ——いまひとつ？」

この世で最初に、ぼくを〝いまひとつ〟と呼んだ少女。

右足に、消えない傷跡を残した幼馴染み。

汀渚友《みぎわなぎさとも》が、隠す気もない険悪な表情で、こちらを睨み付けていて。

「……お友達ですか、真一くん？」

人魚姫の声が。

遠く、蝉の声にかき消されていく……。

§§

ヒーローには条件がある。

たとえば、生まれ持ってのスーパーパワー。

たとえば、超人血清で得た強靭な肉体と不屈の心。

たとえば、鋼の鎧と膨大な財力。

なによりも、必要なとき、必要な一歩を踏み出せる勇気。

多くの人に慕われて、どんな無茶もやり通して、折れず曲がらずまっすぐで、万人にとって最後の希望になれるようなものこそ、ヒーローだろう。

そして、ここに明白な事実がひとつ。

いま、幼馴染みがぼくへと向けているような視線を浴びる人間は、決してヒーローであってはならないということだ。


「――――」


鷹の目を持つ少女が、ぼくを睨み付けていた。

まっすぐで太い眉、可愛らしいというより精悍な顔立ち、Tシャツにショートパンツ。惜しげもなく陽光に照らし出された手足は眩しく。しかし、そこにか弱いというイメージはない。日に焼けた褐色の肌の一枚下には、鍛え上げられたしなやかな筋肉が躍動している。

頭部には、なじみの薄いポニーテール。陸上部時代は、頑なに伸ばそうとしなかった髪を、いったいいつから、彼女は伸ばすようになったのだったか。

汀渚友……ぼくの、幼馴染み。

彼女とぼくは、言葉を失ったように見つめ合う。

目をそらすことなど許されなくて、けれどどれだけ視線を交わしても、なにもわかり合うことはできない。ただ、ひたすらに苦しい時間。

それを中断させたのは、図らずも人魚の一声だった。

「質問したよ？　お友達なのですか、真一くん？」

「あ？　ああ……友は」

「いまひとつは、その子と仲良くなったんだ」

こちらの言葉を遮るように、友が言う。

彼女は笑おうとして失敗した子どもみたいな顔をしていて、ぼくの胸がぎゅっと締め付けられる。

「絶対に仲良くなれないと思ってた。珍しく、乙女の勘が外れちゃった。こんなこと、あるんだね」

「おまえが、乙女って感じかよ」

「乙女よ、あたしだって。えっと……転校生だったよね、あなた。澪標……」

「はい、私は澪標乙姫です。あなたのお名前は？」

「あたしは」

友は少しだけ視線をうつむかせ。

けれど、最後にはまっすぐ乙姫を見つめて、名乗る。

「汀渚友よ。辰ヶ海神社の巫女で。そいつの――いまひとつの、幼馴染み」

「わぁ……！」

途端に、乙姫が表情を輝かせる。宝物を見つけたとき、きっとだれもが同じ顔をするだろう。

「じゃあ、一緒に世界を救いましょう！」

「は？」

怪訝そうに眉を寄せる友。

そうだろうな、そうだろうよ。初対面で妄言ぶちかまされれば、誰だって面食らう。

だがやめろ。ぼくと同類なのかと、目線だけで確認してくるんじゃあない。

「悪りぃ、友。こいつ、ちょっとおかしくてな。病気なんだ、その……頭の」

「おかしいのは世界のほうだよ。この危機に私たちは立ち向かう必要があって、そのためには想い出を集めなくちゃいけなくて、私はきたるべきとき、肉体を脱ぎ捨て天国へと向かうんだってば！」

もういい、休め乙姫！　みろよ友の顔。あれは……完全に残念なひとを見る目だ！

「うん、わかった。いまひとつには同情するわ」

「だから同類扱いするんじゃあない！」

夢も希望もなくなるわ。

「それはそれとして、面白いことを言うのね、澪標さん？」

「乙姫と呼ぶのがいいのですよー」

じゃあ、乙姫ちゃん、と。友は言い直して。

「あなた、ひょっとして――」

そこまで、彼女が言いかけたときだった。

「おいおい、急に騒がしくなってどうした……ん？　なんだ、友っちか。ふふ、おまえさんもたいへんだな、いまひとつは浮気性で」

「いえ……」

「ははは。それで？　今日も後ろの子たちと、買い物に来てくれたのか？」

ぬるりと姿を現した夏希先輩が、友の姿を見て破顔する。咥えているハッカパイプが、上を向いたから上機嫌なのはわかった。どうせ修羅場だとか思っているのだろう。

しかし、後ろの子たち？

「いつもひいきにしてくれて助かるよ。友っちの一団で、うちの経営は成り立ってるからな」

「そんな、先輩、大げさです」

ぎこちないやりとり。その原因はぼくにあり、同時に自分がちっとも冷静でなかったことを悟る。

友の後ろに、ちびっ子たちがいたという事実に、全く気がつけなかったからだ。

彼女はがきんちょたちに慕われており、自分を師匠と呼ばせていた。

ちなみに、夏希先輩は魔王と呼ばれている。さもありなん、怒らせるとマジで怖いし。

そんな魔王に配慮してか、がきんちょたちは行儀よく、ぼくらの会話が終わるのを待ってくれていた。それでも待ちかねたのか、一区切りついたと判断するなり、我先にと店へ雪崩れ込んでくる。

キャッキャと歓声を上げながら駄菓子へと群がる子どもたちを、友は慈しむような表情で見つめていて。

「いまひとつ、ちょっと面貸せ」

真剣な顔つきに変わった夏希先輩が、ぼくを手招きする。なにごとかと近づけば、無理矢理に肩を抱き寄せられた。戸惑っている間に、耳元へ極力絞られた声を投げつけられる。

「忌部《いんべ》のやつ、帰ってきてるんだろ？」

ドキリとした。万に一つも友に聞かれてはいないかと視線を向ければ、彼女は乙姫とがきんちょたち相手に、水鉄砲を振り回しつつ演説をぶっている。胸を撫で下ろし、それから先輩を睨む。

「そんな顔すんなよ」

確かに、この怒りはお門違いだ。監視カメラを必要とする理由なんて限られている。発覚は時間の問題だった。なにより先輩は純粋に心配してくれていた。ぼくを。そして、友のことを。

「おまえたち三人は、あんなに仲が良かったじゃないか。陸上部のスリートップとか呼ばれてさ。忌部が留学して、飛び級して、疎遠になっちまったワタシが言えることじゃないが。けど、最近思うわけだ。あんな優良物件、捕まえときゃよかったか、なんて――」

「あいつは！」

冗談めかした気遣いの言葉。

けれど、ぼくは激情を抑えきれなかった。

「あの男が、友にしたことを先輩は知ってるのに！　なんでそんなこと……っ!?」

ゴトリと、何かが落ちる音。地面へ転がる水鉄砲。

視線を上げれば、顔面蒼白になった幼馴染みが目を見開いていて。

「友……！」

彼女が崩れ落ちるように意識を失う。ギリギリで抱き止めながら、思い知る。

ほらみろ。

……ぼくは、一番大切な人を、助けられない。

§§

「そっか。あたし、気を失っちゃったか……」

夕焼け小焼けで日が暮れ始めたころ、ようやく友は目を覚ましてくれた。

駄菓子屋の軒先を借りて付き添っていたが、正直助かった思いだ。

途中まではがきんちょたち――特にいちばん友を慕ってくれている幼女、夕凪蛍《ゆうなぎほたる》ちゃんはかたくなに待ち続けていたのだが、親御さんの迎えもあって帰宅していた。

「ししょーをよろしくおねがいします」

けなげにもそんなことを言っていたと伝えれば、起き抜けでも友はうれしそうに微笑む。

「いい子なんだ。あの子たち、みんな」

「知ってるよ」

「いまひとつは、いつもそう。足りてないくせに、知った風な口をきくんだもの」

……長い付き合いのこいつからしたら、ぼくはいつまでも半人前の青二才なのかもしれない。

けれど、そんなぼくでもわかることがある。ずっと見てきたぼくだから、断言できる。

「いいやつなのはおまえだ。友は、あいつらの希望なんだ」

「……ばーか」

幼馴染みは、困ったようにそっぽを向く。

「あたしは、結構卑怯なの。勝てない戦いが出来ないぐらいの、弱虫なんだから」

「うそつけ」

「それは、お互い様」

微妙な、手を伸ばしても届かないぐらいの距離感。ひどくもどかしく、悲しい隔たり。

やっぱり、友はぼくを許してはいない。だとしたら、ぼくは。

「あのー」

それまで黙っていた乙姫が、恐る恐るといった様子で割り込んできた。なんだか申し訳なさそうな顔をしているが、こいつにひとの気持ちを慮《おもんぱか》る機能があったとは驚きである。

「ひどい!?　空気を読んで黙っていたのに」

「だったらそのまま黙ってろよ……」

「いいえ、そう言うわけにはいかないのでございます」

「まずは語調を統一してこいおまえは」

「——友ちゃんにも、人類を救ってほしいんだよ」

乙姫の言葉を受けて、友はきょとんとした。

ぼくは額を押さえる。たいへん残念な空気が漂い始めているが、自称空気の読める人魚姫殿は、全く口を閉ざす気配もなく、言葉を続けあそばされる。

「この夏の間に、私は天国へと昇らなくてはならないのです。なので、友ちゃんにも世界を救う手助けをしてほしいの。道筋を決めるの、友ちゃん得意でしょ？」

「えっと……」

助けを請うようなまなざしを向けられて、ぼくは観念し、事情を説明することにした。

もっとも、信じてもらえるとは思えなかったが。

「だいたいわかったわ」

話を聞き終えて、友は大きくうなずく。

「つまり――人類は滅亡する……！」

「ツッコまないぞ」

「乙姫ちゃん、証拠はある？　真一が言うには、世界がゆがみ始めてるらしいけど、あたしにはわかんない。信じられるような、証拠がある？」

彼女の問いかけに、乙姫は少しばかり首をかしげた。それから、ドレスを一息にまくり上げる。

「死ね」

「ぼくがっ!?」

亜音速で首をねじ曲げられた。あ、待って、やばい！　首の筋肉がミチミチ言ってる！

「乙姫ちゃん、下着は身につけたほうがいいわよ」

「うー、なんかむずむずするのよね、あれ」

「肌が白い……うらやましい」

「友ちゃんだってイケてるよ？」

「マジ？」

「マジマジマジカルマジョリティー」

関節技じみた角度で首をキメられているので、なにひとつ見えないのだが。

割と肉体が限界を叫んでいるが、しかし。

すっげぇキャピキャピしてんな、おまえら！　めっちゃ楽しそうじゃん！

「おい、ぼくも混ぜろよ」

「いま大事なところだから死んでて」

「真一くんは、やっぱりデリカシーがないよね」

「いまひとつだからね」

「ですです」

こ、これだから年頃の女の子ってやつはーっ！

「あった。本当だ、本物のうろこみたいね、これ」

「本物だよ、なり損ないなだけで」

「なり損ないって、どういう意味？」

「人魚なので。それと、私からも質問、いい？」

「なに？」


「友ちゃんは――どんな未来を、夢見たかったの？」

一瞬の沈黙。

そして、盛大なため息。

友の手が、かすかに震えたことだけが、ぼくに伝わってきて。

「よし……今度こそわかった。真一、こっち向いていいわよ」

ようやくお許しが出たので——と言うか、かけられていたサブミッションが解除されたので、彼女たちの方を向く。

ちょうど友が、乙姫の裾の乱れを直してやっているところだった。相変わらず面倒見がよい。

幼馴染みは、真剣な表情でうなずく。

「乙姫ちゃんが言っていることを、あたしは全面的に信じることにした」

「その心は？」

「そっちの方が面白そうだから！」

ウインクとガッツポーズを決める幼馴染み。さすが山猿。直感だけで生きてやがる。

「その、空想……なんだっけ？」

「空想力学な」

「そう！　空想力学ってやつで想い出を集めてやれば、人類は救われるわけでしょ？　要するに楽しいことして、ひと夏のアバンチュール……もとい、青春を謳歌すればいいわけじゃん？」

あっていると言えば、あっている。乙姫が死んで生き返ったことも、世界のズレも、友にしてみれば与り知らないことだろうに、よくぞ納得してくれたものだ。

「だけどな、手伝ってくれなくていいぞ、友」

「なんでよ」

「危ないから」

「は？」

……露骨に不機嫌そうな顔をする幼馴染み。まずいな、言葉のチョイスをミスったか。

「訂正。危なくはない。でも、おまえは忙しいだろう、神社の手伝いとかで。聞いたぞ、夏祭りで神楽を舞うそうじゃないか」

「それは、私的なことよ。あんたにとやかく言われることじゃない」

反論など出来ない。ぼくは彼女のプライベートに踏み込めないからだ。恐ろしくて、一歩を踏み出せない。いまだって、距離感を図りかねている。

けど。

「ぼくにだって、誰かを大切に思う心はある」

「……真一にとって、それは夢のようなもの？」

「夢は」

夢は、とっくに失ってしまったから。一緒に、希望もなくしてしまったから。それでも。

「あのー、私的じゃなければ、いいのです？」

なお言い募ろうとしたとき、またも人魚が余計なことを口走った。

聡明な幼馴染みが、そんなチャンスを見逃すわけがない。

彼女は、乙姫の言葉を正面から肯定する。

「ええ、だから考えたのよ。〝部活動〟にしてしまえばいいんじゃないかって。想い出を集めて青春するなら、これ以上のものはないわ。合理的、合法的よ！」

部活動？　いまは夏休みだってのにか？　そんなの、先生に承認されないだろ。

「だから、非公認部活動をはじめるのよ。もう一度、きっと輝くべきなのあたしたち。名前だって、とっくに決めたんだから」

かくて、ぼくの幼馴染みは、夕日に向かって叫ぶのだ。

たった三人からはじめる、馬鹿げた世界の救いかたを。

その部活動の名を。

「今日からあたしたちは存亡部。人類存亡部の——発足よ！」

§§§

「なるほど、卒業間近にして新しい倶楽部活動を作りたいと。君は相変わらず予想外のことをするね」

酷暑の様相を呈する本日、ぼくは登校日でもないのに職員室を訪ねていた。

相変わらず野暮ったいメガネとサマースーツを身につけている太上老君は——本名を太上老というのだが、あまりにお人好しな性格をしているため、生徒からは親しみを込めて君付けで呼ばれている——大部分を伏せたぼくの説明を聞いて、ふむと頷く。

友のやつはああ言っていたが、やはりこういうのは筋を通さないと気持ちが悪い。非公認という響き自体にはなかなか惹かれるものもあるが、しかし正式採用という言葉も同じぐらい魅力的だ。

「活動目的は……青春をすること？」

「健やかな高校生活を爽やかにエンジョイすることを目的とした、清廉潔白な活動というような意味合いっす」

「君たちは、ひょっとして僕を試していたりするのかな？」

滅相もない。

むしろこんな茶番に付き合ってくれている先生には、ある種の尊敬の念すら抱いている。

「青春か」

腕を組んで考え込んでしまう先生。

あまり質がいいとはいえない職員室の空調が低い音を奏でる。

しばらくして、顔を上げた彼は、まっすぐにぼくを見据えた。眼鏡の奥にある黒い眼差しは、まるで心を直接読んでいるような凄味を帯びている。

「なにか、悩みを抱えているんじゃないのかい、海士野くん？」

「悩み、っすか」

「問題と言い換えてもいい」

とっさに言葉を返せないでいると、先生は真面目な表情でメガネの位置をただす。

「君たちぐらいの年頃は、えてしてすべてを自分たちで解決しようとする。大人に頼れば一瞬で片付いてしまうような事柄も、己の所属するコミューンのみでなんとかならないかと葛藤するものだ」

「………」

「それはとても素晴らしく、尊いことだろう。一生で一度は経験しなくてはならない、重要な過程だ。可能性を育み広げる上では欠かせない要素だとも。けれどね、なにかあれば頼ってほしいというのが本音だよ。大人というのは、すべからく子どもを守るべき存在なのだから」

「別に、ぼくたちは」

「ああ、なにも問題なんて抱えていないというのだろう？」

それはそれでいいと、彼はにこやかに微笑む。

「言えないことなんて、いくつあってもいいのだ。そうでなければ、子どもではない。とくに君は……難しいだろうからね」

彼の眉間に、深い懊悩が刻まれた。

「二年前の事件は、不幸な出来事だったと思っている」

事件、二年前に起きた悲劇。

それは、ぼくがヒーローでいることを許されなくなった理由。

同じ陸上部だった忌部のことを、先輩と呼ぶのをやめた理由。

そして、友が――

「海士野くん、どうか忘れないでほしい。つらいとき、苦しいときは、こう思ってくれていいんだ。そんなもの、どちらでも同じようなものだ、とね」

どちらでも、同じ？

「善悪も好き嫌いも、無理に定める必要はない。世の中というのはね、そんなに割り切れるものではないのさ。もっと気楽に考えていい。敷かれたレールに刃向かうのが子どもというものだが、決して用意された道すべてが悪いわけではない。同じように、君が悪かったという話でもないのだ」

違う。

ぼくは悪かった。正しくなんてなかった。

「わかっているとも。けれど、よりよいほうを選びたくなるのが人情だ。未知に頼り、可能性に賭けたくなるのが人間だ。正しい道があったのではないかと思い悩むのが若人だ。そして、その選択が未来を作る。君たちは可能性そのものだよ、人類の将来を担うのは君たちなんだ」

だからと、彼は続ける。

「どんな些細なことでも、僕らを頼ってくれたまえ。大人を、必要としてくれ。他人と関わることで、ひとは変われると説いた哲学者もいたぐらいだからね」

そう言い終えると、先生は提出した部活の新設届を、机の中へとしまう。

「これは当面預かっておこう。メンツが三人では、倶楽部ではなく同好会だ。もっともそんなもの、どちらでも同じことだけれどね」

なんて言葉で話を結ぼうとして、しかし彼は一考する。

「ふむ、そうだな……澪標くんと想い出を作ることには賛成する。この島になじめるよう、彼女を手伝ってあげてほしい。それで——本当にやりたいことが見つかったなら、そのときにまたおいで。

君であれば、いつだって歓迎するよ」

メガネの奥で眼を細めて、先生はぼくの背中を軽く叩いた。

太上老。

生徒たちに優しく、時に厳しく、いつだって寄り添うこと、味方でいることを一番に考える彼は。

「臥竜鳳雛《がりようほうすう》。君はダイヤの原石だ。ゆえに、君たちの未来は、きっと明るい」

ぼくにとって、理想の大人のひとりだった。

「――あ、真一くん、上手くいった？」

校門を出ると、乙姫が待ち伏せていた。蝉の声が聞こえるほどの炎天下のなか立ち尽くしていたからか、汗だくになっている。そう言えば人魚というのは、暑さに強いのか、弱いのか。

「いや、先生には保留にされたよ。けど」

「けど？」

「おまえのことは、手伝ってやれってさ」

「……ふーん。ほかには、何か言ってた？」

「え？　どっちだって同じだとか、可能性がどうとか言ってたけど……？」

「なんだかなー」

彼女はどうしてだか、納得がいかないといった表情を浮かべる。正式な部活動として認められなかったのは、確かに残念かもしれないが、どだい無茶な話なのだから、そこは納得してほしかった。

「そうじゃないんだけどね。あのひと、私と同じ匂いがするから」

おまえの匂いは柑橘系だろ。先生はムスクとかだよ。

「だから違くてー。えっと……真一くんは、覚えてる？」

「なにを」

「あれを」

「だから――」

「〝虹色あくま〟」

……こいつは、主語と指示代名詞しか口にできない呪いにでもかかっているのだろうか？

なにもかもが曖昧で、理解することが難しい。

わからないと首を振れば、彼女は一転して微笑む。

「そっか。でも、それでいいよ。真一くんの勇気も、友ちゃんの選んだことも、私だけは、全部覚えてるから」

「ちゃんと言ってくれ。何の話だ？」

「あのね――大切なものは、いつだって唯一なんだよ？」

それはまるで、太上老君が教えてくれた思想とは、正逆の言葉で。

「あー、わからないって顔だ」

「わかんねーけどさ」

「想い出は、どんなときもきっと輝くってこと。それより、いこ！　友ちゃんが待ってる！」

言い終える前に、彼女は駆け出していた。

町へ向かって、坂道を下る。その姿は、瞬く間に小さくなって。

「……そうだな、わかんねーよ」

頭をかきむしり、彼女のあとを追う。

見上げた空は無性に高く。とても……とても青く見えた。

§§

「あるよ、青い海はあるよ」

「うっそだぁ。海の色は海色よ」

「あるんだってば」

乙姫と友が、きゃいきゃいと仲よさそうに会話をしている。

合流したぼくらは、辰ヶ海島のメインストリートへと繰り出していた。

発電所と鉱山を有するこの島は、ぼくらが生まれる以前にはそこそこ賑わっていたらしく、廃鉱になったいまでも各種施設が充実している。とくに目抜き通りには、映画館や飲食店、雑貨屋などが並んでいて、ここにいるだけでなんとなく暇を潰せるようになっていた。

「ねぇ、いまひとつ。あんたも思うでしょ、海の色は海色だって」

突然話題を振られて、困惑する。

海の色……確かに、以前は海色だと思っていた。けれどいま、ぼくが認識する海の色は黒だ。

そして、かつて海が青かったことも知っている。

と言うか、それ以上に困惑しているのは友との距離感だ。

学校では、近づくことすら出来なかったのに、いまでは何事もなく会話が出来てしまっている。

この場に乙姫がいなかったら、逃げ出していたかもしれない。だから返答も曖昧になる。

「よく、わからないな」

「なにそれ。まったく、これだから〝いまひとつ〟は〝いまひとつ〟なのよ」

あきれたように肩をすくめる幼馴染み。

彼女はそれから、Tシャツの胸元をパタパタと扇いで見せた。

「てか、暑いわね。雪まで降ってるし」

それはそうだろう、今日の気温は四十度近い。チラチラと空を舞う雪は、どうやら暑さの象徴として友には理解されているらしいが、ぼくにしてみれば異常気象だ。

人混みのなかには相変わらず、影法師のようなものが漂っていた。特になにをするでもなく歩き回っているだけだが、おかしいとわかってからは気になって仕方がない。

「じゃあ、じゃあ。ちょっとお茶はどう？　それってすっごく、アオハルじゃない？」

すかさず提案してくる乙姫。

だが待ってほしい。茶をしばくというのは、本当に青春だろうか？

「そもそも、青春とはなんだ……」

「あたしの胸元を覗こうとしたあんたは確かに青春してるわね。青い春よ、リビドーよ」

「見ねぇーよ、そんなまな板。山猿に発情する異常性癖はねーから」

「なんですって!?」

むきー！　っと、奇声を上げ、サブミッションを仕掛けてこようとする友。

やめろ、暑い、抱きつくな。むやみに触れあってくるな、この山猿系幼馴染みが……！

「えへへ、楽しいねー！」

「「たのしくない！」」

「ふたりとも、声がそろうぐらい仲良しで」

うっ、と言葉に詰まるぼくと友。

気まずくなって距離を置くと、乙姫はますますニコニコ顔になり、

「人類存亡部には、私、すっごく期待しているの。だから、たくさん楽しいことしようね」

そんなことを言うものだから、ぼくと友は、顔を見合わせてしまう。

「じゃあ、決めちゃわない？」

「なにを？」

部活の発足人が、目を輝かせながら言う。

「存亡部五箇条。この夏を楽しむための、大切な決まり」

§§

喫茶店に入ったぼくらは、涼を求めてテーブル席へと転がり込んだ。

テラス席もあるが、この猛暑の中ではごめんだ。

「マスター、アイスコーヒーひとつ、ブラックで」

「気取っちゃって。中二病おつ」

「うっせ」

「あたしはカモミールティーとレモンケーキにしよっかな。乙姫ちゃんは……」

コトンと、笑顔のまま首をかしげる乙姫。言い出しっぺのくせに、なにを注文すべきか、わかっていないらしい。ぼくらは視線を交わし、高速で意思疎通を図る。

安全牌《アンパイ》か、それとも冒険か。なにより、アオハルなら、だ。

「こっちの彼女には、ミルクセーキを」

結論は素早く出た。

この地方の夏と言えばこれだし、なにより楽しんでほしかったから。

「よっしゃ。じゃあ、飲み物が届く前に決めちゃうわよ。存亡部の行動指針」

友が携帯端末を取り出し、メモ帳アプリを開く。

しかし、行動指針といっても、なにを決めればいいんだ？

「簡単なことでいいのよ。たとえば、走る前には動的ストレッチが必要じゃない？」

「じゃあ、一番は準備運動か？」

「心の準備運動、それってスゴく大切ね」

乙姫の納得を持って、友が五箇条の一番を書き込む。

「たくさん遊ぶためには、体調を万全にする必要があると思うのよ」

「食事と睡眠あたりか」

「はい！　はい！　私、挑戦することって、とっても好き！」

「迷ってる時間って、惜しいわよね。やっぱ最速で最短でまっすぐに駆け抜けるべきよ、物事って」

「ごー、すとれーと」

書き出されていく言葉たち。ぼくらにとって、大切になるだろう願い。

「あ、飲み物届いちゃったわね」

思ったより議論が白熱していたのだろう、ドリンクが届くまであっという間だった。

「五箇条っていうには、ひとつ足りないわ。まさにいまひとつ」

「うまいこと言おうとするなよ山猿。おまえ、そんなに賢くないだろうが」

「悪かったわね、確かにあたしは体育会系よ」

「……ごめん」

「なんで謝るかなぁ」

友の足には、消えない傷がある。

それは彼女が翼を失った証で、二度と走ることができない刻印だ。

今日は彼女と距離が近くて、それが懐かしくて、うれしくて。

……だから、言わなくてもいいことを口走ってしまった。

届いていたアイスコーヒーを口に含む。

苦い……ブラックなんて、本当は得意じゃないことを想い出す。

かっこつけたくせに、かっこ悪い。

「これ、どうやって飲むの？」

自分の前に置かれたグラスを見て、乙姫が不思議そうに首をかしげていた。

卵色のシャーベット。優しい色合いのミルクセーキ。

「やっぱり、乙姫ちゃんはミルクセーキ初めて？」

「みるく、せーき？」

「変な区切りかたするな、おまえからは悪意を感じる」

「真一は黙ってなさい」

無理矢理押し込まれたケーキで口を塞がれて、ぼくは会話から退場させられる。

友は乙姫にスプーンを手渡しながら、簡単なレクチャーをはじめた。

「これは卵と氷と練乳を混ぜたもので、ミルクセーキって名前のシャーベット」

「飲み物じゃないの？」

「ほかの県なら飲み物だっていうけど、うちじゃあ暑い日はこれをかっこんで食べるのよ。さ、試してみて」

「…………」

「あら、人魚さんは食べられないものがあるのかしら？　そんなこともできなくて《You can do it》？」

「……！　た、食べられるもん！」

おっかなびっくりといった様子で、スプーンを受け取った乙姫は、シャーベットをすくう。

そして、ほんの一口。

シャクリ。

「あ……」

驚きに少女の両目が見開かれ、すぐに幸せそうに細められた。

「あまい。やさしい。私……これ、好き」

頬を緩ませ、乙姫はまた一口、ミルクセーキを頬張る。

ぼくと幼馴染みは、軽く拳を打ち合わせた。

「……ああ、だったら、これでいいんじゃないか」

なにがよと友が問うので、メモ帳を指さす。

「存亡部、五箇条」

そうして、ぼくらの夏の指針は決まった。

「人類存亡部五箇条！」

ひとつ、はじめる前に準備体操。

ひとつ、チャレンジをいつだって笑わぬこと。

ひとつ、よく食べ、よく寝、よく遊べ。

ひとつ、悩んだら最速で行動。

ひとつ――

「ひょっとして不可能？《You can do it》」

「「だからどうした！《I can do it》」」

ぼくらの夏が、はじまろうとしていた。

§§

雲ひとつない青い空。青くはないけれど豊かな海。

そして白い砂浜に、長く大洋へとつきだした防波堤！

そこへ、パンツルックにヤッケ――シージャンパーと野球帽をかぶった友と。

いつもの格好に麦わら帽子を装備した乙姫が、気合いの入った様子で仁王立ちしていた。

降り注ぐ日光は彼女たちの肌を焼き、心地よい潮風が髪を撫でる。

暫定で存亡部部長となった友が、高らかに本日のイベント開始を宣言した。

「島の醍醐味と言えば釣り！　というわけで、第一回防波堤釣り大会をやっていくわよ！」

「開会の挨拶もいいが、ぼくに荷物を押しつけるのはどうかと思うぞ？」

「真一くんは男の子なので、私たちにいいところを見せなくてはならないわけで。うんうん、それも青春だね」

「「いえーい」」

爽やかにハイタッチを決める女子ふたり。

ぼくはがっくりとうなだれながら、肩から提げたクーラーボックス諸々を担ぎなおす。

人類存亡部の、非公式活動が開始されたのは数日前だ。

そのとき提案されたのが、魚釣り。

辰ヶ海島の住民で、釣りをしたことがない子どもなど皆無である。

そのぐらい日常的で、けれど楽しい遊びのひとつが釣りなのだ。

「え？　ふたりは釣り、したことがあるの？」

「もち」

「完璧」

「ずるい！　ずるい！　私もするぅ！」

そんな会話が、発端だったと思う。

「今日は大物が釣れる気がするわ……」

水平線を見て、真っ昼間だっていうのに黄昏れる幼馴染み。

やけに自信満々なので根拠を訊ねてみると、

「乙女の勘よ」

などと、世迷い言が返ってきた。

けどなぁ、こいつの勘、昔から当たるんだよなぁ。

「まあいい、糸を垂らせばわかることだ。というわけで、乙姫。これからおまえに、宝物《ほうもつ》を授ける」

「ほ、宝物」

「これは〝あめのむらくもの釣り竿〟と呼ばれる神機だ。一度キャストすれば十メートルの距離はかたく、その辺の魚程度では折れることがない……たぶん」

「おお……！」

初心者用のタックル（お値段税込み１５００円）を渡してやると、乙姫はキラキラと目を輝かせて受け取る。

……ふむ、ちょっと可愛いな。キュンときちゃうぜ。

「いーまーひーとーつー」

「オーケイオーケイ。ぼくはこれでも一途だ。だから、関節を取ろうと手を伸ばすんじゃない！」

閑話休題。

「仕掛けは簡単。糸――ラインの先におもりと針がついている。針に餌を刺して、遠くへ投げる。リールを巻く。これを繰り返すだけ」

「竿を投げるの？」

「違う。まずリール……この糸が巻いてあるところの、ベイル――勝手に糸が出ないようにしている安全装置を外す。それから、ラインを竿にくっつけるように人差し指でつかむ。で、こんな風に」

いったん後方を確認し、安全を確保。

竿の先端を軽く背後へ振って、戻るときの勢いのまま、人差し指を離す。

「竿のしなりと反動を利用して、投げる！」

シュオォォォォ……と風を切り、おもり付きの糸がまっすぐに海原へと向かって飛んでいく。

それから、ぽちゃんと音を立てて着水。しっかりと、海に沈んでいく仕掛け。

リールを軽く巻き取りながら、ぼくは初心者ちゃんへとウインクを決めた。

「な、簡単だろ？」

「す――すごい！　すごいすごいすごい！　真一くん、天才だったのっ？　かっこいい、無敵、天下一！」

いや、ぜんぜん褒められることじゃないと言うか。

むしろ初歩的なことにかっこつけたのがなんか気恥ずかしいと言うか。え、なに？

「ありがとう……？」

「デレデレしてんじゃない！」

「がふっ!?」

いつの間にか接近していた幼馴染みから、なにか怨念染みた威力の乗った肘鉄砲を食らい、激しくむせるぼく。

……さすがにひどくない？

「ひどくない！」

「そうだよねぇ、いまのは真一くんが悪いと思うなぁ」

なんでだよ！　おまえたちほんとう仲いいよな！

「それで、真一くん。餌って、なにを使うの？」

「ん？　ああ。わりとポピュラーなやつだぞ」

興味津々といった様子の少女に、クーラーボックスの中身を取り出し、鼻先へ突きつけてやる。

「ゴカイだ」

うぞうぞうぞうぞ……

「ひゅ――」

活きのいいゴカイ、絡まり合い蠕動《ぜんどう》し、蠢いて。

「ひゅわぁあああああああああああ!?」

乙姫は、悲鳴を上げて、逃げ出した！

§§

「いまひとつがわるいのよ、いまひとつがー」

「えっぐ、えっぐ」

「ふつう女の子にいきなり、キモいの見せる？」

「えっぐえっぐ」

連れ戻した乙姫は、防波堤にうずくまって泣いていた。

鼻水と涙をこぼしてのガン泣きだ。……ちょっと引く。

「だってよぉ、友は平気じゃん」

「あたしは、その、慣れていると言うか」

「そうか、山猿だもんな。女子としてはノーカンか」

「ぶっころ！」

ぼくが友に許されるまで十五分、乙姫が立ち直るまで、さらに二十分の時が必要だった。

「なにするものぞ、フィッシング！」

立ち上がった乙姫は、やる気満々の表情。どうやらいろいろなものを克服したらしい。

「人魚だもんな、海洋生物ぐらいどんとこいか」

「それは、ちょっと話が違うわけで……でも、存亡部五箇条だよ！」

えっと……なんだっけ？

「ひとつ、チャレンジをいつだって笑わぬこと！　なので、苦手も克服していくのですよ」

「意気込みはいいが、釣りの勉強は十分か？　コツとか教えてやらんでもないが」

「ふっふー、残念でしたね、真一くん」

おう、なんだその不敵笑い。イラッとするぞ？

「くぅーそぉーりきがーく！　きっと勉強のできない真一くんに告げる！　釣りのひとつやふたつ、私は軽くこなせますとも！　具体的には、このへんのうろこが覚えているので」

そう言って、鼠径部のあたりを指でなぞる乙姫。

ほう……。

「やーい、真一くん前屈みー」

「おまえ、ほんと最低だな……！」

「……真一、ゴミじゃん」

待って、待ってくれよ友。そんな軽蔑しきった目で見ないでくれ。これは男ならそれほど不思議でもない生理現象だから。

「ええい、埒があかん。とりあえず、一回やってみるぞ」

「じゃあ、ゲームしましょうよ。一番大物を釣ったやつが優勝。ほかのやつにアイスをおごる」

「ステキ！　私も賛成！」

そう言うわけで。

ぼくらはようやく、釣りをはじめることにしたのだった。

「まー、私の手にかかればー、釣りなんて楽勝なんでございますけどねー」

と、余裕をぶっこいていた乙姫だったが。

「う、うう……真一くぅん、友ちゃーん……つれないよぉ……」

一時間後、早くも泣きが入っていた。しかも、さっきよりひどい感じの。

「釣りってそんなもんよ。一に根気、二に根気、三四がなくて五に才能」

適当な返答をしつつ、友は豆アジのフライをバリボリ頭から食べている。

「もう！　ふたりだけお魚食べて、ずるいんだ！」

「存亡部五箇条、ひとつ、よく食べ、よく寝、よく遊べ。ぼくらはこれを実践しているに過ぎない」

「そうそう。あ、真一。ちょっと構えなさいよ」

なにが？

「お、お？　引いてる引いてる」

竿から伝わる確かな振動を楽しみつつ、ぐっと釣り上げれば、キスが二匹、針にかかっていた。

「……なんでわかったんだ、おまえ？」

「え？　乙女の勘だけど？」

「ちょっと怖いぐらいの精度だな」

野生児だからか？　という心の声は飲み込んだ。自分の理性に拍手喝采を贈りたい。

「よし、じゃあこいつらをヨロシク」

「おっけー、一匹ちょうだいね」

友は持参した包丁を手のひらの中で一回転。ぼくが渡したキスは、あっという間に鱗を落とされ、内臓を取り出され、開きにされてしまう。

ちなみに鉱石ナイフでは鋭《するど》さが足りないので、調理はできない。とくにこの、特別な鉱石ナイフは生き物を切れないから無意味極まるわけだ。残念。

そんなことを考えている間にも、友は手際よく血合いを落とし、水気を切り、小麦粉をまぶして、準備していた油の煮立った鍋《フライヤー》へと魚を投入。

キスの空揚げ、いっちょ上がりだ。

「うめぇ」

「うめぇ」

ぼくと友は、なかなかの釣果を記録しており、釣った魚はその場でさばいて食べていた。

一方、乙姫はというと、

「ぐぬぬぬぬ……」

水平線を睨み付け、泣きべそをかいている。彼女は、今のところ一匹も釣れていないのだ。

「どうした、自称人魚。できるんじゃなかったのか」

「は？　できるですが？」

「できてねーじゃん」

「いまちょっと海のコンディションが悪いだけなので。私、なにも悪くないので！」

こいつ、かわいげがないことを……意地張ってるだけだったらお裾分けしてやろうと思ったが、どうやら必要ないらしい。

わずかな仏心がかき消えるなか、友は容赦なくスコアを稼いでいく。

「おまえも手加減してやれよ」

「残念だったわね、真一。あたしは常に全力全開。この汀渚友の辞書に、手加減という文言はプリントされていないのよ」

「ただの落丁じゃねーか」

とまあ、うだうだやっていたが、さすがになにも釣れないのはかわいそうだ。

これじゃあいい想い出にはならないだろう。

だからその場凌ぎのアドバイスをすべく、彼女へ歩み寄ろうとした瞬間だった。

グン！

乙姫の竿が、極度にしなる。

「え？　えー!?」

突然のことに、慌てて踏ん張る乙姫。だがその矮躯《わいく》は、じりじりと海へと引き寄せられていく。

間違いない。なにか、大物がヒットしたのだ。

「乙姫、竿を立てろ！」

「む、むりぃ！　めっちゃ重たいよコレぇ！」

「友！」

「おうさ」

ぼくらは自らの竿を投げ出し、乙姫の応援へ向かう。

両脇から彼女の手を支えつつ、竿を直立させようとするが――重い。たしかに、これはヘビーだ。

「砂地、夏の防波堤、餌釣りでこの引き……まさか、ヒラメか？」

「だとしたらザブトンサイズ！　超のつく大物の可能性ありよ乙姫ちゃん」

「釣り上げたい！　私、頑張りたい！」

額に珠のような汗を浮かべながら、真剣な顔つきで訴える乙姫。

だったら、応えてやるのが存亡部だ。

なんだかんだ言いつつ、ぼくもすっかり毒されているらしい。

「よし、竿はぼくが保持する。友は乙姫が落ちないようにしてくれ。いいか、乙姫、おまえが希望だ。慎重に、慌てずリールを巻くんだ」

「慎重に」

「こんな大物は想定してない。下手をすればラインが切れるか、針が折れる。そうなったらおじゃん、おしまいだ」

「……！」

すべてを察したらしい彼女は、こくりと頷き。

震える手で、リールを巻き始めた。

「頑張って、乙姫ちゃん」

「うん！」

友に応援されるまま、必死で釣り上げようと頑張る人魚。

その表情はどこまでも真摯で、まっすぐに魚と向き合っていて。

「あと少し……魚影が……見えた！」

でかい。

白く濁った影は、少なくとも六十センチ以上。釣り上げれば間違いなく優勝できるサイズで。

「あと一息だ、呼吸を合わせろ。一、二の三で巻き上げるぞ」

「わかったよ。いち」

「二の」

「「さ――――」」

ぼくらが、力を合わせようとした刹那だった。

きゅっと軽くなる竿、たわむライン。なにかが、水面を突き破る。

「と——飛んだぁああああああああああ!?」

空へと舞い上がったのは、巨大な魚影。

エイだ。ヒラメじゃなくて、大きなアカエイ!

キラキラと輝く水滴。空を掻くエイのひれ。喫驚に動きが固まるぼくら。

そして——ざぶーん!

キリキリキリキリ……ぷつん。

「うわぁ!」

エイはラインを切って、そのまま海中へと姿を消した。

あとには、驚きのあまり尻餅をついたぼくらだけが残されて。

「……は」

はは。

「「あははははははははははは……!」」

我に返った存亡部一同《ぼくら》は、声を上げて笑った。

なんだかよくわからないけれど、ただひたすらおかしくて。

「はははははは!」

涙さえ浮かべながら、いつまでも、いつまでも笑い続けていた。

「ありがとう、真一くん。友ちゃん。ほら」

すっかり防波堤を片付け、釣りのあとしまつを終えた頃。

シャクシャクとあまりの空揚げを食べていた乙姫が、ぼくらを呼んだ。

振り返ると、彼女は上着をめくりあげていて。

友が血相を変えてぼくの首をひねろうとしたが、それよりも早く、変化が起きる。

輝き。

まるで、世界から光が集まってくるように。星や、蛍の光が集うように。

乙姫の胸元で、輝きが瞬く。

やがてそれは、ひとつの形を取った。

きれいな。

きれいなうろこ。

想い出の数だけかたまりになるという、空想力学の結晶。

「えへへ」

はにかんだように、少女が笑う。

「すてきな想い出、ありがとうね、ふたりとも！」

「わっ」

「ちょっ」

飛びつくように抱きついてきた彼女を、友とふたりがかりで支える。

「ほんとうに、ありがとうね」

何度もそう繰り返す乙姫。

まるで、とてもステキなことがあったかのように。宝物と、出会ったように。

かくしてぼくらは、人類存亡部としての最初の活動を終えたのだ。

「……訂正」

最初の想い出を、笑顔で終えたのだった。

§§

その数日後。

「まったく、夢も希望もありゃしないな……」

「ぶつくさ言ってないで歩く！」

「へーい」

真夜中、月が陰る頃、友と乙姫のコンビに叩き起こされたぼくは、虫取りのため森へと連行されていた。目的は当然、想い出あつめだ。

場所は、島で一番高い位置にある物見岳。

その裾野には雑木林が広がっており、様々な昆虫が生息している。

夜ともなれば真っ暗闇が広がるはずのそこは、しかしいま、淡い燐光に包まれていた。

やはり、着実に世界は狂っている。

山へと続く道には影法師たちの姿。彼らはそっと森を覗いては、すぐさま引き返す。なんだか人気のない場所を嫌っているようにも思えるが、わからない。

それらが見えていないらしい友は、乙姫の手を引いてずかずかと林へ突入していく。

生まれも育ちも辰ヶ海島であるぼくは、森の様子などすべて知っている。けれど眼前で展開される光景は、完全に未知のものだった。

まるで、百万ドルの夜景を凝縮したような空間。

月光がそのまま花開いたような草木。

それが風にそよぐと、夜を凝縮したような羽根を持つ蛾や蝶がどこからかやってきて戯れていく。

背の高い木々には、クリスマスじみたイルミネーションが灯り、様々な色合いをみせていた。

「へー、いっぱいいるじゃない。いっちょやるか！」

腕まくりした友が、勢いよくドロップキックをかまそうとするので慌てて制止。

頼むから自分の足を大事にしてほしい。

「なによー。だったらいまひとつ、あんたがやりなさい」

致し方なし。命じられるまま渾身の回し蹴りを放つ。

すると梢が揺れて、ボトボトとなにかが降ってきた。

コツリと頭の上に落ちてきたものを拾い上げ、ぼくはなんとも言えない顔になる。

宝石だった。輝く石に、虫の手足が生えていてシャカシャカと動いている。

これがイルミネーションの正体？

「わ、わ、きれい！」

「蛍ね。夏の風物詩」

乙姫と友はそんなことを言っているが、どう見ても蛍ではない。多結晶構造の蛍なんていない。

「ストップ」

友が手を掲げ行方を遮る。鋭敏な感覚がなにかを捉えたのか、ジッと雑木林の奥を見詰める彼女。目をこらすと、動くものがあった。

「……たぬき？」

たしかに食肉目イヌ科タヌキ属のたぬきだ。けれど、それだけではない。狐、テン、イタチ、リス、猪まで……たぬきの後に続き、無数の動物がやけに行儀よく前方を横切っていく。

「面白そうね。どこへ行くのか見届けましょう」

うきうきと後に続く山猿が一匹。猪など、本来出遭ったら即座に逃げることを検討しなければならない危険生物だ。だというのに、この幼馴染みは好奇心を優先しやがる。

ひとりで行かせることなど出来ないし、なにより乙姫が既に乗り気だった。致し方なしというなら、こちらこそ致し方なし。ぼくは懐の鉱石ナイフを一度掴み、了承の返事をする。

低木をかき分け。獣道とも言えないようなルートを辿り。

大名ならぬ動物行列を追いかけた先にあったものは。

「すごい……」

乙姫が、思わずといった具合にため息をこぼす。

森の淡い輝きを受けるのは、静謐な水面。透き通る水質の池が、そこにはあって。

動物たちは、温泉へと入るみたいに身体を浸し、気持ちよさそうにしている。

こんな池を、ぼくは知らない。きっと島民の誰も知らないだろう。正直、ちょっと感動した。

こういうものを、ロマンというのかも知れない。ぼくらはしばし、神秘的な光景に酔いしれ。

「――って、ちがーう！　今日は虫取りに来たのよ！」

友の一言で、正気に返る。慌てて順路を戻り、彼女たちが日中準備していた〝捕虫トラップ〟のある場所へと向かった。焼酎や果実を混ぜ合わせた仕掛けは、近づくとすぐにわかる。異様な匂いが立ちこめていたからだ。

「甘い……と言うか、酸っぱいねー」

乙姫の嗅覚は正しい。ぼくだってそう思う。

「樹液の匂いだよな、これ」

「擬似的な樹液作ってんだから当たり前でしょ。それより、ほら、見てちょうだい。トラップに虫がいっぱい集まって――」

仕掛けへと明かりを向けた友が、そのまま凍りつく。

ぼくも言葉を失う。

乙姫だけが、眼をぱちくりさせていた。

カブトムシや、コクワガタ、スズメバチにコガネムシ。

そんな虫たちに混ざって、なんか巨大な影が、ちゅーちゅーと焼酎の混合液をすすっている。

身の丈は二メートルほど。両手の下、脇の部分には皮膜と言うか、翅《はね》があり。

マスクドなライダーじみた複眼と、額から突き出すくるくる巻きの触角。

口からは、ストローのような口吻《こうふん》が伸びていて。

「うわぁおおおおおおおおおおおお!?」

『げぎゃ!?』

悲鳴を上げるぼくら。

同じように驚く〝そいつ〟は、翅をバタバタと羽ばたかせ。

「と、飛んだ……!」

そのまま、夜の闇の静寂《しじま》へと消えていった。

だいぶ時間が経ってから、呆然と友がつぶやく。

「なに、あれ……」

「わからん。わからんが……モスマンとかじゃね?」

「だからなんなのよ、モスマン……」

モスマンは、主に外国で見られる妖怪だ。ひとの形をした巨大な蛾を指すらしい。

「妖怪って、実在するのね……いや、いるんだろうけどさぁ」

幼馴染みは、困惑しつつ横目で人魚姫を見遣っていた。

肝心の乙姫はというと、両目に星をキラキラさせており、

「見ました？　刮目しましたか、ふたりとも!?　大きなチョウチョウですよ、チョウチョウ！」

「蝶じゃねーよ、蛾だよあれは！」

「蛾どころじゃないでしょ!?　完全に怪異じゃない！」

わいわいガヤガヤと議論しているうちに、夜が更けていく。

「あ」

気がついたのは、友が先だった。

「……ああ」

ぼくも理解し、東の空を見つめる。

「わぁ……！」

感嘆の声を上げたのは、やっぱり乙姫で。

——朝日が、登る。

照らし出されていく山脈《やまなみ》と、夜露にキラキラ輝く無数の植物たち。

生命の息吹。あふれ出す宝石、日光の輝きが、夜の闇を払い、ぼくらを照らし出して。

「真一」

「なんだよ」

「あんたは夢も希望もないってよく口にするけど、たぶん大丈夫よ。希望ってやつは、きっと輝く。この景色みたいにね。だから」

「うん、絶対大丈夫だよ」

ふんわりと微笑みながら、乙姫は胸元を押さえ。そしてまたひとつ。

「今日も……すごく素敵な想い出が、できたから」

少女はうろこを、身にまとうのだった。

§§

それからの存亡部的日常は、忙しさの極地だったと言える。

あるときはボランティア精神に覚醒した乙姫が、ゴミ拾いを開始。駆り出されたぼくらは浜辺で打ち上げられた鯨を見つけ、島の住人総出で海へと帰すこととなった。乙姫はたいへん満足げで、ゴミ拾いはこれからも続けたいと喜んでいた。

またあるときは謎肉を売るケバブ屋でバイトをすることになり、友がとち狂って発注した膨大な量の肉を売りさばくことに。謎肉の正体は最後まで謎だったので、割とホラー。

またまたあるときは、駄菓子屋でくつろいでいたら友と夏希先輩が悪乗り、水鉄砲を物置から出してきてぼくは全員から集中砲火を浴びた。と思ったら友を慕う子どもたちも集まって、最終的には危険な花火大会へと発展、がきんちょたちのご両親からたいへんなお叱りを受けた。

飛んでくるトンビにハンバーガーを奪われ、さらに襲来した巨大怪鳥によって乙姫が攫われそうになったり。突如現れたモグラ地底人との対話に駆り出されたり。

いろいろなことが、本当にいろいろいろなことがあって。

慌ただしく、どうしようもなくしょうもない、けれどかけがえのない愛すべき日常が、あっという間に過ぎていき。いつまでもこんな日が続けばいいと思っていた、そんなある日のこと。

「えへへへ。今日はとっても楽しみなんだー」

乙姫が、はにかんだように笑う。

この日、ぼくらは、メインストリートへと繰り出していた。

目的はショッピング。

お互いが好きなものを買って、それを交換し合うという遊びを、人魚姫が発案したからだ。

「自分が好きなものを、誰かと交換する。それってすごくハッピーなことだと思うの。だって、好きを共有できるってことでしょう？」

なんて、乙姫はチョーカーの装飾をキラッとさせながら言う。

ぼくにはよくわからない価値観だが、太上老君に頼まれてもいるし、無碍にはできない。

あと、友がなにを買うのか、純粋に知りたかった……というのもある。

「よしっと。これで真一以外の買い物は終了ね。乙姫ちゃんは、なにを買ったの？」

「素敵なもののなにもかも！　まだナイショだよー」

「いいじゃない。それで、いまひとつはなにを買うわけ？　緊縛プレイ的な、えっちなやつ？」

「どういう偏見を持ってるんだぼくに。ちゃんとしたものだよ」

相変わらず影法師が混ざっている雑踏を横目に、ちょうど通りかかったなじみの材木店へと入る。

「チョイスが渋すぎる、ジジイか」

「すごーい、木の優しい匂いがするぅ！」

あきれている友と、はしゃいでいる乙姫。ぼくは店主へとアイコンタクトを飛ばす。

すると彼は、

「おや、今日はあれ、やらないのかい？　『古今東西の霊験なる材木たちよ、いまこそ我がオーダーに従い降臨せよ』ってやつ」

「ぐあああああああああ！」

予期せぬ角度からの攻撃に悶絶するぼく。

「やーい、中二病ばれてやんの」

「うんうん、コレも空想力学だね。痛いほうの」

などと、散々な罵倒をしてくる女子組。

ぼくらのやりとりがウケたのか、店主は大笑いしつつ、頼んでいた材木を取りだしてくれる。

茶色の濃淡が強い、半化石状の木材。デザートアイアンウッドだ。

「デザート？　甘いってこと？」

「山猿のおまえでもわかるように説明すると、砂漠で化石化した木のことで、ハンドル材だ」

「ハンドル……」

「ナイフの柄に使う材料ってこと。メチャクチャ高級品なんだぞ？」

「あんた、まだ作ってるわけ、ああいうの」

なんだよ、文句あんのかよ。かっこいいだろ？

「『エンチャント！　ふははははは！　これより我がナイフは風のエレメントを帯びた。その切れ味は疾風の如く……！』」

「やめてー！　心の準備をさせてー！」

「そう言えば、最近は決め台詞も言わないじゃない？　なんだったかしら……『ならば世界よ決別を告げる、理不尽どもよ永訣を告げる。誰もが世界に絶望《ものがたり》するというのなら、聞け。このぼくが——希望になろう！』だっけ？」

「マジでだめー！」

いきなり黒歴史を掘り返され、その場で七転八倒するぼく。自発的にやるのはまだいいけど、モノマネされるのはダメージがでかい。と言うか、後者にいたってはリアルタイムで黒歴史だ、ヒーロー失格というダイレクトメッセージに心が死ぬ。

「すごい！　いまのそっくりだったよ、友ちゃん」

「でっしょう」

「うんうん。友ちゃんは真一くんのことなら、なんでも知ってるんだね」

鼻高々と得意満面な表情を浮かべていた友が、急に押し黙る。

彼女は無言のまま、店の外へと向かってしまう。

「友！」

ぼくはほとんど反射的に立ち上がり、彼女の後を追った。

「……なに？」

「……いや」

呼び止めたのはいいものの、なんと言葉を継げばいいかわからない。

それでも必死で考えて、話題を探す。

「おまえは、なにを買ったんだ？」

「あたし？　たいしたものじゃないわよ。これ」

「タスキか？　ひょっとして、まだ」

「馬鹿、勘違いしないで」

ぼくが、愚にもつかない言葉を発するよりも早く、突き放すような、冷たい声音が響いた。

「これはね、巫女として使うの。木綿襷《ゆうだすき》って言って、御神体に神饌《しんせん》をあげるときに使うのよ。だから……陸上に未練なんて、ない」

それは本当のことだったのかもしれない。けれど、どうしても深読みしてしまう。

なまじ、この数日間、彼女との距離が近かったから。昔に戻ったような気がしていて、うれしかったから。だから、また離れてしまうことが怖くて。

彼女の足の傷を、自分の罪を、忘れることができなくて。

「友は、やっぱりおまえはまた、走りたいんじゃゃ――」


そこまでだった。

なにもかもが、順風満帆に動いていたのは。

かりそめのような平穏は、すべてそこまでで。

「おやぁ？　これはいいところで出逢えたな、汀渚ぁ」

聞こえてきたのは、爽やかで粘つくという、矛盾をはらんだ声音。

友の肩が跳ねる。ぼくは、恐怖を抱いて振り返った。

「戻ってきてやったぞ、俺は」

優男を絵に描いたような青年。切りそろえられた、ウェーブのかかった髪の毛。この世のすべてを嘲笑しているような、生気のない瞳。

「……どうした、諸手を挙げて喜べよ。汀渚――おまえの許嫁の、ご帰還だぞ？」

かつて、ぼくらが先輩と呼んだ男。

御室戸《みむろと》忌部《いんべ》が、口元をいびつな笑みの形にして、そこにいた。

……いつまでも。

いつまでも幸せな時間は続くと、ぼくは勝手に思っていた。

けれどそんな願望は、幻想は。

このとき、音を立てて砕け散ったのである。

第三章

ゆがんだ世界の隅っこで、君は今日も笑ってる

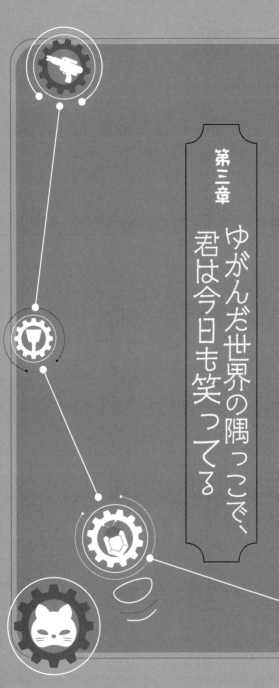

友とぼくは、小さな頃から足が速かった。インターミドルにも出場していて、互いに競い合うライバルだった。だから当たり前のように、高校でも陸上部を選んだ。

同じぐらい足が速くて、ストイックな先輩がいると知っていたのも一因だ。

先輩――二度とそう呼ぶことのない彼は、ぼくらの憧れで、いつも悲しそうな眼差しをしていた。

卒業後、彼は逃げるようにこの島を去って行ったが……ぼくは忘れない。

忘れることなど、出来やしない。

あの男とぼくが犯した罪を、毎夜、夢に見るほど後悔し続ける。

なぜなら、ぼくらは共犯者で。


――汀渚友から、翼を奪ったのだから。


彼……御室戸忌部を端的に説明するのならば、目的のためには手段を選ばない人物だろう。

忌部はなによりも効率を、目標を、優秀であることを重んじる男だ。

在学当時、生徒会長と陸上部部長を兼任していた忌部の学生生活は多忙を極めていた。

ろくに食事なんて摂れず、事務仕事の傍ら栄養ゼリーを飲み干し、夜は持ち帰った仕事を片手にカップ麺をすすって徹夜……そんな生活を繰り返していたのだ。

当時のぼくは、そんな彼に憧れを抱いてすらいた。

理想のためなら己を犠牲にできることが、ヒーローと同じに見えたから。

事実、彼は在校生や先生たちからの信頼も厚く、優男然としたルックスも相まって女子からの人気も抜群で。世界の中心に立っている……そう言われても、納得できるほどだった。

父親は考古学者であり、忙しく全国を飛び回っているため、ほとんど島にはいない。けれど、妙なところで辰ヶ海神社と交流があったらしく、忌部と友は形式上の許嫁として育てられていた。

ぼくはそのことをよく知っていたし、ふたりなら結ばれてもいいとすら考えていた。

そう、あの日が。

〝はじまりの夜〟が訪れるまでは――

§§

メインストリートで、偶然――本当に偶然か？――忌部と再会したぼくらは、凍り付いたように動きを止めていた。

秀麗な顔立ち、自信に満ちあふれた表情、すらりとした手足。

それを包む、この暑さですら着崩すことのない七分丈のサマーセーター。

彼を見て、友は震えている。顔を青ざめさせ、いまにも卒倒しそうなほどに恐怖を感じていると解った。その様子を、忌部は嘲《あざけ》る。

「おいおい。婚約者のお出ましだぜ？　もっと歓迎してくれたっていいんじゃないか、汀渚ぁ？」

「あた、しは」

「おまえは俺の許嫁だよ。それ以上でも、それ以下でもない。だろ？」

「ふざけるな、忌部！」

叫び、ぼくは友の前へと立つ。彼から彼女を、守りたかったから。

けれど優男は、怪訝そうに片眉を上げる。

「あ？　なんだよおまえ……海士野、だっけ？　あー、待て。覚えてる覚えてる！　そう言えばさ、おまえってば俺に、ひどいことしてくれたじゃん？」

口元を歪めながら、彼は自身の右肩を示す。そこは、ぼくが傷をつけた場所だ。

「なあ、これでおあいこにしようぜ？　あんときはお互い若かったってさ。だから――退けよ」

「退かない」

「ちっ」

面倒くさそうに舌打ちをする優男。甘いマスクに、いらだちが浮かぶ。

「どうして俺の邪魔をするんだよ。なあ海士野、なんでだ？」

「友が、嫌がっているから」

「おまえにそれが解るのかよ？」

「解るさ」

だって、ぼくは、友の。

「おまえが汀渚の未来を奪ったくせにか？」

頭が、沸騰した。激情を伴って右手がズボンのポケットへと伸び、鉱石ナイフをつかみ出す。

まっすぐに突きつける、鋭利な刃物を、かつて先輩と呼んだ男へ。

行き交う人々が足を止め、ぼくらを注視しているのがわかる。

けれど、やめられない。黒い情動が、震える両手に力を込めさせ、彼へと刃を向けさせ続ける。

「……なんだよ、それ」

忌部の双眸が氷点下まで冷め切り、不機嫌そうにぼくを睨む。

「なんのつもりで刃物なんて俺に向けているのかって、そう訊ねているんだぞ、海士野ォ!!」

突如激昂した彼の長い手が、こちらへとすさまじい勢いで伸びた。

このままでは、ぼくは突き飛ばされ、友は無防備になってしまうだろう。

だとしたら、ぼくは。

ぼくは、もはやこの男を刺すしか――

「――天下の往来で、いったい何をしているんだい、君たちは?」

響いたのは聞き知った声音。

ぼくと忌部の間に、大きな背中が割って入る。

それは、代わり映えのしない黒縁メガネに、サマースーツの男性。

「太上老君……」

「そこは、先生と呼んでくれないかな、海士野くん」

威厳がなさすぎるから。なんて、ふやけた声で、太上先生が微笑んだ。

へなへなと全身から力が抜ける。その場に座り込んでしまう。

ダサい。なんて醜態だ。けれど、心から安堵していたのも、また事実だった。

「御室戸くんか。まずは里帰り、お疲れ様とでもいうべきかな？　しかし君も、変わらない」

「……太上さんも、ずいぶん見かけが変わらないな」

激発したはずの忌部は、しかしいまは一歩引いて、こちらを睨み付けるに留めている。

「で、なんのつもりだよ、太上さん。俺を止めるなんて」

「止めるとも。僕は君の後見人だからね。なにより子どもたちとその未来を守るのが、僕の仕事だ」

そうだ、友がすべてを失ったあの日。ぼくらを救ってくれたのも先生だった。

あの夜だって、このひとは大人として、忌部をなんとかしてくれたんだ。

「御室戸くん。むやみに婚約者や、かつての後輩を脅かすものじゃあないよ」

「そんなの俺の勝手だろう？　別段悪いことをしている訳じゃないしね」

「藍那《あいな》くんも、こんなことは望んでいないのではないかな？」

「義姉《ねえ》さんを持ち出すな！」

ぎりりと奥歯をかみしめ、声を荒らげる忌部。しかし先生は一歩も引かない。

「勝手をされちゃ困ると言っているんだ。もっともそんなのは、どちらだって同じことだけれどね」

「同じ？　はっ！」

笑う。恐ろしい優男が、酷薄に嗤う。

「おんなじだなんて、馬鹿を言うなよ。太上さん、俺はね——欲しいものは、なにをしてでも手に入れるんだ。……汀渚！」

容赦なく、粘着質な笑みを浮かべながら、忌部は告げる。

「必ず、俺はおまえをものにするぜ。いまは退いてやるけどな、次に会ったときは、覚悟をしておけよ。そう――」

男は愉快そうに、あるいは、悲壮な決意を瞳の奥に凝《こご》らせながら、言い放つ。

「百万本のバラと、ダイヤの指輪でも、受け取ってもらうさ」

それが……たぶん捨て台詞だった。忌部は身を翻すと、ぼくらから歩み去って行く。彼の長身が、すぐに人混みへと紛れ、見えなくなる。

それでも、しばらくの間ぼくは立ち上がることができず。

そして友や乙姫たちは、無言でずっと立ち尽くしていたのだった。

§§

「やれやれ。彼にも困ったものだ。もう少し、感情を制御するすべを見つけてほしいところだが」

緊張を解きほぐすように、大きく息をついた太上先生が、こちらを向く。

「太上老君、あいつは、なんで」

「ああ、御室戸くんのお父さんとは懇意でね。だから、彼も僕の言葉は耳を傾けてくれる。それよりも……君はまずナイフをしまうべきだ。ひとを傷つけない刃でも、勘違いされては困るだろう？」

言われるまで、気づけなかった。

鉱石ナイフを持った手が硬直していて、離すこともできなくなっていたのだ。

いや、そんなことはどうでもいい。ぼくの評判など、地に落ちたって構わない。

「……友！　おまえ、大丈夫だった、か——」

振り返り、案じようとしてかけた言葉は、尻すぼみになった。

大切な幼馴染みが、見たこともない顔をしていたからだ。いまにも泣き出しそうな、もしくは怒り出しそうな、どちらでもあって、どちらともいえない顔。悔やんでいるようにも、恨んでいるようにも見えて、けれど、それはすぐにクシャリと崩れ。

「……ごめんね、いまひとつ」

夜色の瞳から一条のしずくがこぼれ落ちる寸前。彼女は身を翻し、歩き出した。

「なんで」

なんで謝るんだよ。それは、ぼくがすべきことだろ？

慌てて立ち上がり、あとに追いすがろうとするが、肩に手を置かれる。

先生が、無言で首を振っていた。

「僕に任せておいてくれ。生徒の心のケアも教員の務めだ。それに……君は彼女を助けるべきだよ」

彼は、そっと隣を見やる。なにかを抱きしめながら震える、澪標乙姫を。

「乙姫……」

「真一くん、あのね……私ね、これを、お菓子を買って。みんなで……みんなで食べたら、元気が出るんじゃないかなって。甘いものは、笑顔になれるから——」

一歩、近寄ってくる彼女。先生がうなずき、ぼくの肩から手を離す。

「彼女を頼むよ。澪標くん、君も、しっかりやりたまへ」

乙姫の肩を二度叩く先生。びくりと、少女の肩が跳ねた。

「おっと、すまない。セクハラだったかな？　ともかく、汀渚くんのことは僕に任せて、君たちは君たちにしかできないことをやるべきだ。では、急ぐから」

言うなり、太上老君は友が消えた方向へと走り出す。

あとには、ぼくと乙姫だけが残されて。

「悪かったな、乙姫……変なところ見せて」

「…………」

「それ、お菓子だろ？　そんなに強く抱いたら、壊れちまうぞ？　まずは、力を抜いて」

「……くるよ」

え？

「くる」

うつろなまなざしで、乙姫は島の外を——海の果てにある地平線を見つめ、告げる。

「来るって」

なにが？　と問おうとしたときだ。

光が、陰った。

彼女を中心に、影が、闇が、暗黒が……世界中から黒色が集まるようにして凝っていく。

この光景には、見覚えがある。うろこができるときと同じ、空想力学の作用。

しかし、これは……この〝黒色〟は！

「虹色あくまが、やってくる」

爆縮する黒色。形成されたのは、闇色のうろこ。

そして——世界が、静止した。

耳の痛くなるような静寂。

色鮮やかだった町並みのすべてが、モノクロームに染まる。

雑踏を行き交う人々も。ぼくらの騒ぎを注視していた人々も。波の飛沫も、風の歌声も。

凍り付いたように、動きを止めた。

寒い。吐く息が、真夏だというのに、白く凍り付き。

雲の運行、空の日差しさえも静止した世界で、ぼくと乙姫だけが色彩を保っている。

「なにが起こっているんだ、乙姫」

たまらずに少女へと問い掛けるが、答えはない。

彼女はただ、まっすぐに海を睨み付けている。

メインストリートから海へは、一直線の道のりが続いていた。

だから黒色の海は、よく見通すことができる。

そうして遮蔽物がなかったからこそ、ぼくは見てしまった。直視してしまったんだ。

――海原が、砕け散る瞬間を。

モーゼが起こした奇跡のように、黒海が、左右へと割れていく。

そうして、海底から上昇する発光体がひとつ。プリズム。最初に想像したのはそれだ。

周囲から光を吸い取って、七色のスペクトラムを放出する泡立つなにか。

海を割って現れたのは、無数の腕を持つ、虹色の結晶体だった。

「なんだよ、あれ」

「あれは、虹色あくま」

呆然とするぼくに――だれにともなく、乙姫は告げる。

「想い出の淀みが、世界のゆがみとなって現れたもの。この世界を定義する、限界と矛盾《パラドックス》、狂気の具現、既にいないモノたちの残滓」

「おまえ、なにを言って」

「行かなきゃ」

彼女は、ちっとも説明してくれなかった。それどころか、海へと向かって歩き出す。

やめさせようと声を掛けかけたとき、

『IIIIRATUUUUUUUUUU――！』

虹色の結晶体が、吠え声を上げる。いや、それはほとんど、歌といってもよかった。

美しく、だからこそ恐ろしい旋律が、島中に響き渡る。

結晶体の内部に満ちた液体かなにかがまばゆく泡立ち、キラキラと、キラキラと輝く。

海より完全に浮上した虹色は、全身に帯びる無数の腕のひとつを、海岸線へとたたきつけた。

ばっと吹き上がる大量の土砂。濛々と立ちこめる土煙。まるで怪獣による破壊だ。

冗談じゃない、あんなやつのところへ乙姫を行かせられるものか！

走り出す——走れない。

……そうだ、これだけは許されない。ぼくは二度と、地を駆けてはならない。

だから、早足に乙姫を追う。停止した人々をかいくぐって、メインストリートを抜けて。

運がいいことに、乙姫はまだ、そう遠くには行っていなかった。

「おい、しっかりしろ人魚姫！」

なんとか追いつき、彼女の肩をつかむ。

だが、

「熱っつ!?」

彼女の全身は、燃えるような熱を帯びていた。肩からは、陽炎すら立ち上っている。

その熱の所為だろうか、服が、あの涼しげな色合いの服が、燃え始めた。

あっという間に上着は焼け落ち、肩やへそが露出する。

そこで、気がつく。彼女の全身の、あちらこちらにあるうろこ——想い出の結晶。

そのうちのひとつが、真っ黒に変色していることを。

「なんで」

「……空想力学は、想い出の科学。私が忘れたくない想い出を――そして、忘れられない想い出を、強制的に記憶する。善い想い出でも……悪い想い出でも」

――まさか、さっきのことか？

ぼくが、忌部に対して臆したから？　あんな険悪なムードを作ってしまったから？

だから彼女に黒い想い出が集まって。

だとしたら、ぼくはとんだ大馬鹿野郎だ。ヒーロー失格以前に、世界の敵じゃないか！

「そうじゃないよ。そうじゃないんだよ、真一くん」

忸怩たる思いに打ちひしがれるぼくへ、乙姫が微笑みかけた。

少しだけ悲しそうに、諦めてしまったように。

「想い出は一期一会、ほんとはね、善いも悪いもないんだよ。でも、世界は限界に達しているから」

彼女は歩みを止めない。まっすぐに、未だ暴れ続けている虹色の怪物へと向かっていく。

土煙は晴れ、怪物は砂浜を横断し、海に面する丘陵地へ至ろうとしている。

そこには、空へとまっすぐ伸びる灯台があって。

『IIIIIRAAAATUUUUUUU――！』

振り下ろされる巨腕。灯台が引き裂かれる。さらに辺り一面へと、見境なく破壊が波及！

刹那、不思議なことが起きた。虹色の腕に砕かれた灯台は、瓦解しなかったのだ。

ただ、まるで空間そのものが破り取られてしまったように、奇妙な〝傷〟となって。

世界に、傷痕が、残ってしまって。

「……あんなふうにされるとね、もう元に戻らなくなっちゃうんだ。ひとがそんなことになったらたいへんだし、この島が壊れるのも、私はすごく嫌だなぁ。外の世界が虚無の海に沈んでしまって、今はこの島しか残ってない。ここが全部歪んだら、おしまいだよ。だから、やっぱり行かなきゃ」

「行かなきゃじゃねーよバカ！　あんなバケモノ相手になにができるんだよ！」

「ねぇ、真一くん、覚えてる？」

こんなときに、なにを。

「私が死ねば、世界は元通りになるんだよ？」

彼女は、笑っていた。ひとが生きている間にしていい笑顔じゃなかった。

死を悟ったものだけが浮かべる、凄絶な覚悟そのものが形になった笑顔。

「ふ――」

ぼくは立ち止まってしまう。もう、バケモノまでの距離は、それほど離れていない。なのに、彼女は歩き続ける。追いつけない。追いすがれない。

「ふざけんなよ……っ！」

ぼくに出来たことは、そう叫ぶことだけ。

血が出るほど両の拳を握りしめて、ボロボロと悔し涙を流しながら自問自答することだけ。

おまえになにが出来る、海士野真一？　いますぐバケモノの前に飛び出して注意を引くか？

それで？　それでどうなる？

あれをなんとかする力が、理不尽にあらがう力が、おまえにはあるのか？

――ない。

じゃあ、せめて、走り回っておとりにでもなるか？

――ぼくは二度と走らない。

だったら、この場から逃げ出すか？

――そんなこと、できるわけがない。

必死に状況を打破する方法を考えるが、答えは出ない。

勇気を振り絞り、知恵をひねり出し、不思議なパワーに覚醒して戦うことも、ただの中二病患者には荷が重い。夢も希望もありはしない。誰も彼女を救えない。

「乙姫……！」

だから。結局ぼくにできたのは、友達の名前を呼ぶことだけで。

彼女は。

「うん。いまはそれでいいんだよ、真一くん。きみは」

くるりとこちらを振り返り、優しい顔で微笑む。

『ＩＲＡＡＡＡＡＡＴＵ――！』

虹色あくまが咆哮。巨大な腕が、空からまっすぐに振り下ろされ、そして――

「きみはいつか、きっとヒーローになってね」

――巨大質量が、彼女を押しつぶした。

「おとひめぇええええええええええええ‼」

少女は、人魚姫は、ぼくの友達は、かくしてまた、死んだのだ。

……楽しい日々は、ずっと続くものだと思っていた。

いつまでも終わらないはずだと、勝手に思い込んでいたんだ。

けれどこの日、それが間違いだったことを……ぼくはこれ以上なく思い知らされた。

§§

まばゆい閃光が世界を染め上げる。

モノクロームは塗り替えられて、止まっていた刻が動き出す。

蝉の鳴き声、降り注ぐ日差し、打ち水のしずくが地面に落ちて。

破壊の跡は、バケモノ——虹色あくまごと、姿を消していた。

だれも、なにも知らない。ただいつも通りの日常が戻ってくる。

たったひとり、ボロボロになった少女を、あとに残して
「馬鹿野郎……」

崩れ落ちるように、彼女へと歩み寄る。曲がるはずのない場所で曲がった腕を取って、もう、それがどうしようもないほど熱を失っていることを知って、ぼくは祈った。

「オー、マイ……っ」

神様なんて信じていない。ご都合主義のように救ってくれる全能者なんてきっといない。

それでも。

「お願いだから、これ以上ぼくらに、悲しい荷物を背負わせないでくれ……」

「——悲しい荷物なんかじゃ、ないよ」

聞こえた声に、目を見開く。

確かめるようにゆっくり顔を上げれば、傷だらけの少女が、ぼくの方を向いていて。

「それはね、真一くん。悲しいだけの荷物じゃないんだよ。ひとが背負って生きていくのは、いつだって、どれだって想い出だから」

光。

小さな光の粒子。

それが集まって、少女の胸に吸い込まれていく。やがて光は結晶化して、一枚のうろこになった。

きれいで、透き通るようなうろこに。

「乙姫、おまえは……」

おまえは、こんなひどいことを。

どうしようもないぼくとの関わりを、痛みを、死すらも。

〝いい想い出〟だと、思ってくれるのか？　悪い想い出だと、思わないでいてくれるのか……っ？

「言ったよね、想い出は一期一会だって？　そうだなぁ、少なくとも」

骨のつながった腕を彼女は伸ばし、ぼくの頬を柔らかく撫でる。

「真一くんの涙は、輝いていたよ？」

ぼくの目元を、乙姫は優しく拭う。

ああ、嗚呼――

「よっと――それよりさ、着替えなきゃいけないから、おうちまで送ってくれない？　あと、上着とか貸してくれるとありがたいかも」

ぴょんと立ち上がった彼女は、もう怪我を負っていなかった。

代わりに、ほとんど服が燃え尽きてしまっていて、白い肌が露出している。なんだか艶めかしい。

……って、そんなこと考えてる場合か！　ぼくは無言で上着を差し出す。

「さんくー」

彼女はうれしそうに、服を羽織り。

「あー！」

唐突に、大声を上げた。何事かと見遣れば、乙姫は周囲を探し回り。

「あうー……」

なにかを拾い上げて、残念そうに肩を落とす。

それは、彼女が買い求めた〝好きなもの〟。ボロボロになった、包み紙で。

「たしか、中身は」

「うん、おいしいお菓子だよ」

取り出されたのはロリポップ。砕けて原型のなくなった飴菓子。

乙姫は、これを大事そうに抱きしめる。

「だって、みんなで作ったじゃない」

「なにを」

「存亡部五箇条。ひとつ、よく食べ、よく寝、よく遊べ。ねぇ、お菓子は、甘いでしょ？」

ああ。

「甘いとみんなが、笑顔になるじゃない？」

……ああ。

「だから、私はお菓子が大好きなんだー！」

晴れ晴れとした表情で。

あんなことがあったばかりだというのに、笑顔になれる乙姫を見て。

ぼくは不覚にもまた、涙をにじませてしまう。

「真一くん？」

「……なんでもない。送ってけって話だろ？　すぐに自転車を取ってくるよ」

「やったー！」

気取られないようにそっぽを向き、目元をこすって誤魔化して。

そこで、はたと思い至る。

「ところで、乙姫」

おまえって。

「どこに住んでるんだ……？」

絶句した。

§§

「てへへ」

ぼくの上着一枚を羽織った乙姫は、照れ隠しのように笑っている。

しかし、そんなものでごまかせる代物ではなかった。

辰ヶ海島には子どもが多い。人口比における、勤め先と福利厚生が充実しているからだ。

なので公園など、子どもが使う施設はびっくりするぐらい整備されている。

そんな公園のうち、一番高台にある場所へ、乙姫はぼくを連れてきた。

幼児が怪我をしないよう工夫が施された遊具。

そのひとつが、乙姫の家だという。

「いや、滑り台じゃねーか」

「恥ずかしいなぁ、こんないい物件を見られちゃうなんて」

「ホームレスと変わらんぞ」

「え⁉」

驚いてるんじゃあないよ！

「でもでも。暇になったら滑って遊ぶこともできるし」

「遊具だからな」

「雨風だって防げるし」

「雨宿りは防いでるって言わないんだよ！」

「しょぼーん……」

声に出して落ち込む自称人魚。

なんということだ、これこそ神に祈りたい気持《オーマイ》ちだ。命を投げ出してまで世界を元に戻そうとしている乙姫が、ここまで度し難い場所で生活しているとは……

「ふーふんふーふーん」

ひとり呆然としていると、乙姫は自宅と強弁してはばからない滑り台へ入り、とってつけたようなダンボール製の扉を閉めた。それから、ちょっとだけ隙間を空けて、こちらを見遣る。

「のぞき、禁止！」

「するか、馬鹿！」

「べー！」

楽しそうに舌を出した彼女が、今度こそ着替えのために引きこもった。

「…………」

なんだろう。ほとんど裸の女の子が、ぼくの上着を着て。

いまそれを遊具のなかで脱ぎながら、あたらしい下着や服に袖を通している。

ちょっと、衣擦れの音とか、聞こえてこないか？

……いやいやいや。まてまてまて。

悶々とするんじゃあないよ男の子。リビドーくんは、もう少しＴＰＯをわきまえよう。ついさっきまで生きるか死ぬかって話をしていたんだぞ？　静まれ、静まりたまえ、さぞや名のある男の性《さが》とみた！　中二病患者だからって変態行為は許されない！

なんとか気を紛らわせようと、周囲を見渡す。

そう言えば、ここからは浜辺を見下ろすことができる。

乙姫と虹色の結晶体が、つい先ほどまで戦っていた場所だ。

興味本位から、くだんの浜辺が見える場所へと歩いて行き……そしてぼくは、またも絶句する。

森が、生えていた。銀色の、ガラスでできた美しく、寒々しい森が。

それが、浜辺の中央から灯台にかけて、鬱蒼と茂っている。

なかったはずだ、確かにあんなものは。少なくとも、虹色あくまが暴れるまでは間違いなく。

……いいや、想い出せ真一。

あそこは、結晶体の腕が〝傷〟をつけた場所じゃなかったか？

空間そのものが引き裂かれてしまったような傷ができた場所ではなかったか？

だとしたら――

「そうだよ」

気がつけば、隣に人魚姫が立っていた。初めて会った日と同じ、制服姿だ。

彼女は浅瀬色の瞳で、まっすぐにガラスの森を見つめ、告げる。

「虹色あくま、世界の狂気そのものに冒された場所は、もう元に戻ることはない。かわりに、あんな風に、まったく別のものへ置き換えられてしまうの」

「置き換えられる……」

「今回はね、場所だからよかったよ。でも、ひとだったら違う。誰かが巻き込まれたら、そのひとはいなかったことになってしまうかもしれない」

普段の彼女からは、とても想像できないほど真剣な口調。

「私はね、みんなの笑顔が好き。楽しいが好き。そのためだったら、何度死んだってかまわない。でもさ、私がひとりでできることは、もう限界なんだ」

「…………」

「ああ、ここから見上げると、空が近いねぇ……」

唐突に少女が天を仰ぎ、ゆっくりとはにかむ。

青い空の色が、彼女の瞳の中に映り込んで、とても、とてもきれいで。

「真一くん」

大空を見上げたまま、彼女はぼくの名前を呼ぶ。

「きみには、ヒーローになってもらいます。みんなの、希望になってほしいです」

それは。

「私はたくさん、たくさんこれまで死んできたから」

もう、死ぬのは飽きたから、と。彼女は首元を、無事だったチョーカーを撫で。

「ちゃんと、今度は生きてみたいんだ。しっかり生きて、楽しいを謳歌して。天に、昇りたいんだよ。だから、ね？」

世界の守り人が。ヒーローであることに失敗した男へと。

真っ直ぐな提案をする。

「アオハルっぽいこと、しようぜぇー！」

ぼくは、きっとこの瞬間に決断した。

ヒーローに戻ることはできない。ぼくの罪がそれを許さない。だとしても。

「だとしても《I can do it》！」

この少女とともに、世界を救おうと——そう、決めたんだ。

「できるよ、真一くんなら。それでさ、全部がうまくいったら」

彼女が視線を、空から海へと戻して言う。

「一緒に、青い海を見ようね！　こんな黒い色じゃなくて」

彼女は。

「私が大好きな、青い海を！」

人魚姫は、はじけるように笑った。

第四章　想い出は人魚姫の涙

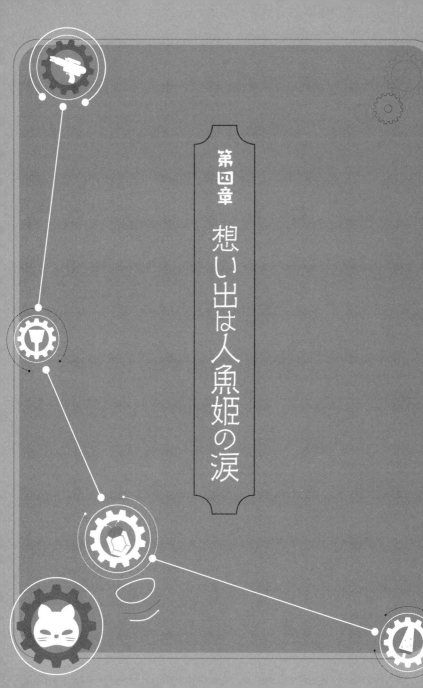

「おいちにーさんし、おいちにーさんし」

勇壮かつ軽快な〝大脱走のマーチ〟が流れるなか、友の率いるがきんちょ軍団が、一糸乱れぬ動き
で浜辺へと入場してくる。

団長の合図をうけて、全隊が停止。砂浜に整然とした隊列が完成。

「おいちに、おいちに——ぜんたーい、止まれ！」

団長《友》の合図をうけて、全隊が停止。砂浜に整然とした隊列が完成。

……ちびっ子って、もっと自由奔放な生き物じゃないのか？

なんで軍隊みたいな統率された動きしてるの？　怖すぎるだろ、汀渚軍団……。

軽くブルっていると、うさんくさいサングラスをかけた夏希先輩が、拡声器片手に姿を現した。

「えー、てすてす。本日は晴天なり。ゴホン！　それではこれより、第三十八回ウォーターファイト選手権の開催を宣言する！　主催は商店街。協賛は我が家、諏訪部駄菓子屋。優勝者にはうますぎる棒一ヶ月分の栄誉が贈られるので、みな奮励努力するように。ちなみに実況解説には、辰ヶ海高校の名物教師、太上老君をお呼びしている」

「やあ、本日はお日柄もよく。ぜひ、可能性のきらめきを見せてほしいところだね。あと、これでもメンツがあるのでね、生徒の前では先生と呼んでもらえるかな、諏訪部くん？」

熱中症が心配になってくるほど格好の変わらない太上先生が、実況席で苦笑する。

「回れー右！　総員、敬礼！」

カッ、カッ！　ピシッ！

友の命令一下、略式の敬礼をしてみせるがきんちょども。

最後尾の夕凪蛍ちゃんだけが、ちょっぴり遅れていてかわいらしい。

とにもかくにも、かようにして、ぼくと乙姫を巻き込んだ子どもたちの一大イベント。

水鉄砲大会《ウォーターファイト》の幕は、切って落とされたのであった。

§§

話は少し遡る。

乙姫が虹色あくまに襲われたあの日から、ぼくはずいぶんと真剣《マジ》になっていろいろ考えた。

たとえば、この島のこと。

島の外の世界は、黒い海に飲み込まれて消滅してしまっている。

それは乙姫に言わせれば、「あるけれどない」状態らしいが、疑問が無いわけじゃない。

いくら辰ヶ海島が大きいとはいえ、物資には限りがある。食料のほとんどは外部から取り寄せているし、資材だってそうだ。つまり、島外が消滅したなら経済事情はじり貧になってしかるべきなのだ。

これに対する解答は、案外近くにあった。

魚である。

海を泳いでいる魚だって、島外のものであることに違いはない。だが、ぼくらは釣り上げて食べることができた。どうやら、同じように食料品や生活必需品も、外から届けられているようなのだ。

これを乙姫に問いただすと「そこにあるという可能性と、ないという可能性が重なっている」とのこと。夏希先輩にも探りを入れたが、駄菓子は滞りなく卸業者から輸送されてきているらしい。

整理すると、外の世界は目に見えない。だが、ぼくらの行動に応じてレスポンスは返ってくる。シュレディンガーの猫みたいな状態と言えるだろうか？

少なくとも、テレビ番組などは普通に放送されている。

ここまでくると、ぼくの頭では理解が追いつかない。ただ、世界が歪んでいるという事実を、まざまざと突きつけられるだけだ。

そうして、あれこれ考えているうちに、見過ごせない事態が鎌首をもたげてきた。

そう、乙姫の住居問題である。

いくらなんでもこの暑い盛りに、うら若い乙女を——人魚の実年齢など知らないが、便宜上うら若いということにしておく——野外同然の公園へ捨て置くことなどできないだろう。

そこでぼくはない知恵をしぼり、辰ヶ海神社へと相談を持ちかけた。

辰ヶ海神社は友の実家で、島の大部分に顔が利く有力者だからだ。

……乙姫にかこつけて、また顔を合わせづらくなった友と話がしたかったなどと、多少なりとも思わなかったかと言えば嘘になるのだが、それはそれ。

神社を訪れると、友は境内の掃除をしていた。珍しいことに、巫女服を着てである。

幼い頃とは違い、相応に伸びた黒髪がひとつにまとめられていて、本物の巫女さんのようで、ぐっとくる。なんちゃって巫女さんが嫌いな中二病はいない。たぶん。

「いや、あたしは本物の巫女なんだけど……」

どうやら口に出ていたらしく、いきなり不機嫌そうな顔をされてしまう。

「そこはロマンだからな」

「ロマンって……いまひとつもやっぱり男の子ね」

「しかし、元気そうでなによりだよ」

「別に、いまひとつから心配されることじゃないっていうか……で、なんの用？　ただでさえ神社に近寄りたがらないあんたが来るってんだから、大事なことなんでしょ？」

確かに、いろいろトラウマがあるからな、ここ。

……うん？　待てよ。

「本題の前に、一つ聞きたいことがあるんだが」

「なによ」

「ぼくは長いことこの島に住んでるけど、結局この神社がなにを奉っているかすら知らないんだ。教えてくれないか？」

「……マジ？」

「マジマジマゼンタマーラーカオ」

「美味しいわよね、もっちり蒸しパン」

閑話休題。

「呆れた。でも、正直に教えを請うたところは評価してあげる。うちで奉ってるのはね、龍神様よ」

「龍神？」

「ちっちゃい頃、お布団のなかで聞かされなかった？　海を泳ぐ幼い龍が、雨降りで困った島民のためにお空へ登ってカミサマに話をつけてくれるってやつ。なんか昔は、クモキリ？　とかいう日本刀も奉ってたらしいけど、いまは龍神様だけ。マジで知らない？」

「あー」

そう言えば、聞いたことがあるような、ないような……と言うか、似たような話、最近耳にしなかったか？

「考え込むのもいいけど、結局なにしに来たわけ？」

「おお、そうだった。じつはかくかくしかじかで」

「ふーん？　乙姫ちゃんの家が欲しいのね？　なら——いい話、あるわよ」

とっても悪い《すてきな》顔で笑う幼馴染み。

ここでようやく、ぼくは相談する相手を間違えたのだと、悟った。

§§

というわけで、時間軸は元に戻る。

友の言ういい話とは、ウォーターファイトのことだった。

子どもたちが水鉄砲で競い合うこのスポーツ。主催は商店街で、優勝するといろいろな便宜が図ってもらえる。本来は子どもたちにとっての便宜だが、今回は友が口添えをしてくれたおかげで、乙姫の住居問題についても一考してくれるとのこと。

「でもでもですよ、真一くん。これってつまり、私たちも出場して」

「そう、ある程度の戦績を残さないと、話なんて聞いてもらえないってことだな」

良くも悪くも、島の住人たちは娯楽に飢えている。

楽しいことさえあれば、どんな相談でも乗ってくれるが、つまらないとテキトーだ。

だからぼくらは選手としてエントリーし、エンターテイナーとして勝負を盛り上げねばならない。

観客席は既に大賑わいだった。影法師の姿もあるが、本命は商店街のメンツ。これだけの人がいるなら、きっと乙姫を助けたいと思ってくれる誰かだっているはずだ。

「正直……私にはルールがさっぱりで」

「なら、ちょうどいい。いまから友が出場する第一試合がある。それを見ながら学んでいこうぜ」

もっとも、友のプレイスタイルが参考になるかどうかは、判断に迷うところだが。

「？」

「さあ、試合が始まるぞ。まずはコートの説明だ」

競技場のサイズはビーチバレーコートより一回り小さいぐらい。

砂浜に直接白線が引かれている。

「いま、友と相手チーム、両者が対面に立ち合っている白線が境界線。で、向かって右側が友の陣地、左側が対戦相手の陣地になる」

「陣地に意味があるの？」

「ああ、開始三十秒、お互いのチームは境界線を越えてはいけないというルールがあるんだ」

ワンゲームが一分の競技なので、約半分は自陣のなかで行動することになる。

「じゃあ、開始三十秒はなにをするの？」

「互いの陣地に、みっつの標的が置かれてるだろ？　あれを狙い撃つ」

「でも、ひとつだけ高いところに置かれていて、自陣からじゃ水鉄砲が届かないように思うけど」

「それは——おっと、試合が始まるぞ」

コートの外側、スタートラインに、それぞれの選手が立つ。

左側には慣れた感じの中学生コンビが。

そして右側のコートには友と、彼女をしょーと呼ぶ蛍ちゃんが並んでいる。

「いちについて」

審判を買って出ている夏希先輩が、かけ声を上げる。

両陣営の選手たちが、安全対策のゴーグルを装着。

「よーい」

プレイヤーは、水鉄砲を構えて——

「——どん！」

先にスタートを切ったのは、若さで勝る中学生チームだった。

先行逃げ切りとばかりに飛び出した彼らは、両翼に別れて、すかさず標的を狙う。

――が、それを許す友ではない。

「えんとりぃいいいいいいいいいいいい!!」

ハイテンションな叫び声を上げた彼女は、飛び出してきた中学生のうち一名を見事迎撃。

胸の標的を一度に二つとも、ピンク色へと染めあげる。

『これはスゴイ、見事な先制パンチだ！　あ、実況はワタシ、パイプ印の看板娘、諏訪部夏希と』

『解説は僕、太上老がお送りするよ。さて、正確な射撃だ。選手たちの胸と背中にはそれぞれ標的《ターゲット》が備えられている。前面が十ポイントずつ、背面ひとつが二十ポイント。標的が完全にピンク色に染まっているので、満点ということになる』

『というと、少しでも染まり残しがある場合は？』

『点数は半減だ。さあ、そうしている間にも試合は続いているよ』

解説の間、ぼくはただ舌を巻いていた。

友は、足の傷ゆえに走ることができない。だが、それは素早く動くことができないという意味ではないのだ。極めて短時間、彼女は人類として最高峰の性能を発揮できる。

ほとんど古武術の歩法に近い動き。剣道でいうところのすり足。

彼女はそれをもって、地面とほぼ水平に移動。

最小限の力で、最低限の負担で、最大限の距離を、最速で移動してみせる！

「はわわ、友ちゃん、まるで足にタイヤがついてるみたい」

「この二年、友が死ぬ気で続けてきた努力と、あとなんか生まれついての山猿的勘働きの良さが一体化した歩行術〝散歩《さんぽ》〟」

半径三歩以内へと、己の知覚を均等に散在させ、対敵の行動を完璧に予測。

その予測に基づいて、瞬時に移動する技術。

……ひと呼んで、散歩必殺！

まるで瞬間移動だが、原理は先読みの極地と言っていい。

異常に勘のいいあいつだけに許された、歩法の極意。

ゆえに、一人目の出鼻を挫いた瞬間、友は反対側へと移動を終えていた。

「うっそだろ!?」

中学生が面食らったのも無理はない。ぼくだってあの動きを初めて理解したときには、嫉妬でおかしくなりそうだった。くそ、改めて見てもかっこいいな……！

ニヒルに笑った友が、さらに標的を射貫く。

「えい、えい……！」

その間に、蛍ちゃんが狙撃を精一杯おこない、中学生陣地の標的をスナイプ。

『おーっと、夕凪選手、懸命に標的を狙い撃っているがー！』

『うん、当たりが半分、つまりは点数半減だ。けれど可愛らしい可能性だとも。子どもというのは、本当に素晴らしい』

『……ひょっとして、太上老君にはロリコンの素養がおありで？』

『失敬な。彼女たちには未来があふれているというだけだとも』

そんな間の抜けた実況解説が行われたところで……三十秒が経過。

「あ！」

乙姫が驚きに声を上げる。

中学生たちがうなずき合い、片方がセンターラインを踏み越えて三十点の標的へ肉薄したからだ。

『さあ、ここからがウォーターファイトの醍醐味。後半戦への突入だ』

『開始三十秒の経過。これを条件にチームのうちひとり——アタッカーだけが相手の陣地へと入ることが許される』

『すると、どうなるんだ？』

『高い位置にセットされた標的を狙えるようになるね。低いところが、ふたつ。ともに十五ポイントずつだが……高所の標的は、逆転の三十ポイントだ』

つまり。

「制限時間以内に、たくさんポイントを集めたほうが、勝ち……？」

ようやく理解したらしい乙姫がつぶやく。

「そうだ乙姫。そしてポイントの奪取は、アタッカーの仕事だ」

「なら、残ったほうは？」

「ディフェンダー。ツッコんでくるアタッカーを邪魔する仕事だな」

大人は、アタッカーになることができない。友はまだ成人していないが、がきんちょたちの中では飛び抜けて年齢が高い。と言うかリーダーだ。

必然、彼女はディフェンダーの役で。

「でもなぁ、あいつの守りを抜けるやつなんて、いないんだよなぁ」

つぶやく頃には、中学生ふたりともが、背中の標的を射貫かれてしまっていた。

『ゲームセット！』

夏希先輩が笛を吹き、そして右側へと手を伸ばす。

『勝者、汀渚・夕凪チーム！』

「やったね蛍ちゃん」

「ししょー、すごくかっこよかったです！」

とまあ、当然のように、彼女たちは勝利を手中に収めたわけだが。

「さて、ルールはわかったか、乙姫」

「もちろん、このうろこに刻みました」

「ナイス人魚ジョークだ。やってやろうぜ、大番狂わせ」

「いえす、さー！」

ちらりとこちらを向いた友が、鼻で笑う。安い挑発だが、乗ってやるよ。

かくしてぼくと人魚姫は、鼻息も荒くコートへと踏み入ったのだった。

§§

「フィニッシュタイム、五十九秒フラット。これが、ぼくたちのゴールラインだ」

「勝って兜の緒を締めろなので！」

大人げなく小学生相手に本気を出し、決めポーズを取る中二病患者と人魚の姿がそこにはあった。

……端から見ると、死にたくなる構図である。

『これは悪辣！　完膚なきまでの勝利。とても高校生の所業とは思えない！　いいぞいまひとつ、悪役《ヒール》が欲しかった！』

『愛らしい子どもたちの未来を絶つような悪逆非道をなしたのだから、それ以上の可能性を提示してほしいところだね。もっとも、どちらだって同じことではあるけれど』

実況席から飛んでくるブーイングは気にせず――実際は心底打ちのめされつつ――それでもぼくらは勝ち進む。一方、反対側のトーナメント表を、友たちは前評判通りに駆け上がっていた。

そうして決勝戦。ついにぼくらは相まみえる。

すごいな、この時点で小学生、蛍ちゃんひとりだぞ。

「まけろー」

「真一まけろー」

「いまひとつは炎天下の砂浜で土下座」

「友ちゃーん、わしらは応援してるぞー！」

「よっ、辰ヶ海神社最後の砦！」

「澪標さんもかわええのう」

『僕は夕凪くんを応援するとしよう』

『あ、じゃあワタシは友っちを』

わぁー、すごいアウェイ。準備体操しているだけでこの罵声。逆にやる気がみなぎるぜ！

「存亡部五箇条。ひとつ、はじめる前に準備体操。ほら、真一くんもちゃんとやるですよ」

「あいあい」

背中合わせの屈伸を終えて、両陣営顔合わせと相成る。

「……勝ち上がってくると思っていたわよ、真一」

「友、おまえこそな」

「あら、蛍ちゃんはアウトオブ眼中？」

センターラインを挟んで対峙するぼくら。挑発するように、友は蛍ちゃんを前へと押し出す。

この、友シンパであるがきんちょは、引っ込み思案でいつも子どもたちの一番後ろにいるイメージがある。実際、彼女は引きずり出されるまで、友の後ろに隠れていた。

「蛍ちゃん！」

「ひゃう」

腰を落とし、目線を合わせた乙姫が、キラッキラの笑顔で右手を差し出す。

「いい試合にしようね！」

「は——はい！」

ぎこちなく、けれど確かに笑って、蛍ちゃんは握手に応じた。

……言っちゃなんだが、蛍ちゃんは友にとってのハンディーキャップのようなものだろう。

彼女の散歩必殺にとって、相方など邪魔でしかないはずだ。

だから、ここそが付けいる隙に違いない。

「べつに、ちゃんと見えてるよ。ただ、浜辺の花形《プリマ》はおまえだと、そう思っているだけさ」

「すかしたこと言うじゃない。いいわ、あんたを名前通り、いまひとつの結果にしてやるんだから」

「ぼくの名前は真一だ。こっちだって乙姫の住居がかかってる。負けないぞ」

「あら？　あたしたちはとっくに勝利のヴィジョンが見えてるんだけど」

「ぬかせ」

どちらともなく手を差し出し、試合前の握手を交わすぼくと友。

そも、陸上部とかいう克己心《こっきしん》限界突破スポーツ出身のぼくらだ、負けん気は人一倍強い。

獲物を前にした肉食獣のように、歯を見せ合って笑う。

「はい！　私も勝ちにこだわる方向で！」

立ち上がった乙姫とアイコンタクト。

作戦はこうだ。ぼくが主にディフェンスを務め、友を押さえ込む。後半、火力を蛍ちゃんに集中し、時間切れで勝利を狙う。

……という戦略を、友は読み切ってくるだろう。

だから、意表を突く。姑息な手段だが、確実に勝利をもぎ取れる算段は立った。

卑怯だろうがらっきょだろうが、ここは勝利に徹するのみ。

「じゃあ、健闘を」

「お互いにな」

握手を切り上げ、ぼくらはスタートラインまで後退。

『いちについて』

夏希先輩が、競技用のピストルを空へと掲げ。

『よーい』

ひりつくような緊張感。息を呑む観客たち。顎のラインを汗がひとしずく、したたり落ちて——

『ドン！』

地を蹴ったのは同時。けれど、前に出たのはやはり、友が早かった。

『おっと、友っち選手。ほとんどセンターラインの前まで一足飛びで移動した！』

『対戦相手を目視で確認、狙いを定めて右側の標的をポイント。勝ちに来ているね、彼女たちも』

勝ちに来ている？　その通りだろう。

この距離では、彼女の前面にある標的を狙うことはできない。

もし仮に、牽制目的で当てずっぽうの連射などしようものなら、あっさりカウンターを決められてしまう。乙姫はいま、友と逆、左サイドへ全力疾走しているが、そのまえにはしっかり蛍ちゃんが立ちはだかっていた。

形勢、この時点では友側の有利。

「とでもいうと思ったか、バカめ！」

「……!?」

友の表情が、驚愕にゆがむ。彼女は当然――そう当然、ぼくが友を抑えに来ると読んでいたはずだ。当たり前だ、ぼくらは腐れ縁の幼馴染み。直接対決は避けられない。

だが……だがである。

今回勝たねばならないのは乙姫のためなのだ。

恥も外聞も関係ない。たとえ卑劣漢と罵られても、執れる手段は全て執る！　スタートと同時に、友を一騎打ちへと誘う……そう見せかけて、ぼくはセンターラインのど真ん中へ移動。

友の意識はがら空きの標的へ。蛍ちゃんは前方の乙姫を警戒。

だがな、間違っているぞ二人とも。ぼくはこの瞬間こそを待っていた。

即ち――蛍ちゃんの、背中を狙撃するために！

『ひ、卑劣ー！　いまひとつ選手、これは卑怯だ！　一番年少である蛍ちゃんを狙ったぁ！』

『これは許されるべきではない。あれほどいたいけな童女を集中攻撃などと。子どもとは、もっと大事に、のびのび育てるべきであってだね』

『あんたはなんの話をしているんだ？』

オーディエンスの反応に気を良くしつつ、ぼくは高笑いを決める。

「ふはは！　食らうがいい憐れな幼子よ！　深淵より湧き出しし霊水！　エターナル龍水波動撃！」

限界まで内圧をためて吐き出される水の放物線が、狙いを過《あやま》たず蛍ちゃんへと殺到する。

「きゃ!?」

幼女のかわいらしい悲鳴。

「げぇ!?」

ぼくの汚い悲鳴。

「いーまーひーとーつー！！！」

そして、幼馴染みの怒号。

『き――奇跡だー！』

『これは……見事な可能性……！』

会場が沸いた。

あの一瞬、ほぼ必中のタイミングで放たれた水鉄砲の一撃。

それは、確実に蛍ちゃんに命中するはずだった。

だが。しかし！

「この距離を、割り込んできただとぅ!?」

散歩必殺は陣地内をすべて把握しているのであらゆる出来事を予測できる……という理屈はわかる。けれどこの幼馴染み、マジでワープの速度でぼくと蛍ちゃんの間に飛び込んで来やがった！

あり得ない！　チートだ！

もしも可能だというのなら、友の山勘は、未来予知に匹敵する……！

「くっ！　こうなればプランBだ乙姫」

「了解プランB！　えっと……プランBってなに？」

あ？　ねぇよそんなもん。

「とにかく標的を撃ちまくれ！」

「あらほらさっさー」

即座に蛍ちゃんを狙うのをやめ、標的への射撃へ切り替えたぼくらは、的確に二十点をもぎ取る。

だが、怒りの導火線に火がついた友は、反撃とばかりにぼくらへと連射を浴びせかけてきた。

「走れないなら、走れないなりに！」

バク転しながら背後へと戻り、体勢の立て直しを図るぼくへ、水鉄砲が雨あられと降り注ぐ。

「こらー！　ふらふら避けてんじゃないわよカトンボ！」

「だーれがカトンボだ、この山猿！」

「むっきー！　蛍ちゃん、あのお兄ちゃんへ集中攻撃！」

「まかせて。ししょーをおこらせたら怖いんだから！」

待て待て待て！　まじで射線を集中するな！　これはそう言うゲームじゃないぞ!?

……いや、考えようによってはチャンスか？　こちらが一手に攻撃を引き受けるなら、乙姫はノーマークになるはず。瞬時の判断で、ぼくは乙姫に、露骨なまでなウインクを飛ばす。

バチンバチン。

「え？　ちょっと真一くん。こんな真剣勝負の最中にラブコールだなんて……わ、私にも心の準備というものがあるので、シコシコするのは水鉄砲のポンプだけにしてほしいなって」

「この女、こういうやつだったわ……！」

最低だ、マジ最低。

跳んだり跳ねたり地面を無様に転がったりしながら、なんとか回避を続けるが、一発が背中へと命中してしまう。

『ヒット！　これで二十VS二十のイーブン』

『試合は、振り出しに戻ったようだ』

「ふふふ、まだまだ私たちが有利なんですけどね！」

乙姫が右サイドの標的へまぐれ当たりを決める。完全な命中ではないが、これで十点リード。

「踏み込みが足りないっつーの！」

「きゃうん!?」

と勝ち誇ったところに、友の精密射撃が命中し再び同点。

「おい、ぼくも混ぜろよ」

「ししょーのしゃてーさんとはいえ、ようしゃしません！」

「ぼく舎弟だったの!?」

衝撃の事実を伝えられつつ、蛍ちゃんの標的を両方射貫いて、プラス二十点。

形勢は今度こそこちらがリード。だが——そこで電子音が響き渡る。

『三十秒経過！』

『さあ、アタッカーがセンターラインを超えてくる時間だ』

後半戦……ここでケリをつける！

§§

「乙姫、任せる」

「オーキードーキー！　人類存亡部五箇条！　ひとつ、悩んだら最速で行動！」

「おう、走れ」

後半がスタートしたのと同時に、乙姫が走り出す。

真っ直ぐに三十点の標的を目指す彼女。その後方へ陣取り、ぼくは弾幕を張る。

「こっちも行くわよ、蛍ちゃん」

「はい、ししょー。うわあああああああああああ！」

大声を上げながら、必死に走り込んでくる蛍ちゃん。

彼女は前面の標的をすでに濡らされており、吶喊《とっかん》する恐怖を感じないのだ。

無論、こちらの陣地へ入ってくれれば、後ろに回り込んで背面の二十ポイントを撃ち取ることが出来る。そうなればめっけもの。ぼくらの勝ちは揺るぎないものとなる。

「しゃてーさん、覚悟」

「覚悟するのはきみだ、蛍ちゃん」

「にゃにゃぁ!?」

卑怯を承知で、彼女の顔面へと水鉄砲を三点射。

奇妙な悲鳴を上げながら、仰向けに倒れる蛍ちゃん。ふ、起き上がる力もなくなったか。

一方で、乙姫は敵陣深く切り込み、すでに三十点の標的を射程に捉えていた。

残り時間は、あと僅か。

「勝ったな」

ぼくは慢心しきっていた。確実な勝利が目の前にあったからだ。

「――人類存亡部五箇条」

そう……幼馴染みが、その言葉を唱えるまでは。

「ひとつ、チャレンジをいつだって笑わぬこと！　予定通りよ！　やっちゃえ蛍ちゃん」

「しまっ――」

気がついたときには、すべてが遅く。

天空へと水鉄砲を向けた蛍ちゃんは、会心の笑み。

その位置からは三十点の標的が狙い放題で、仰向けだからこそ、ぼくは童女の背中を狙えない。

引き金が引かれる。噴き出す水流。

そして――試合終了を告げる号砲が鳴った。

『ゲームセット！　五十VS六十！　勝者――汀渚・夕凪チーム！』

『いやはや、大健闘のチェス盤返し。これは両者の可能性を讃えるべきだろうね。おめでとう』

大歓声があがり、会場の熱気がピークに達した。

「負けちゃいましたね」

「ああ」

砂浜に大の字になったぼくへ、しこたま撃たれてびしょ濡れの乙姫が笑いかけてくる。

「あたりまえよ」

歩み取ってきた友が、蛍ちゃんを抱きしめながら、勝ち誇るように宣言した。

「だって、蛍ちゃんはだれよりも——練習熱心だったんだもの！」

「し、ししょー、はずかしい、です」

快活な笑みを浮かべる幼馴染みと、顔を真っ赤にしている蛍ちゃん。

ふたりの姿が、ぼくにはただ眩しかった。

§§

「ししょーの言ったとおりにしたら勝てました。ししょーはわたしの、イチバンのヒーローです！」

優勝賞品であるうますぎる棒一年分をもらった蛍ちゃんは、その勲章を掲げて、友へありったけの笑顔を向ける。

ヒーロー。

あの童女にとって、間違いなく汀渚友というのは、英雄だったのだろう。

さて、決勝で負けてしまったぼくたちはどうなったかというと。

「うわぁ……すてきな部屋ですよぉ！」

ちゃっかり、乙姫の住居を確保していた。

夏希先輩が、駄菓子屋の二階にある空き部屋を提供してくれたのだ。ご厚意に感謝である。

「それはそれとしてだ、乙姫」

「なんですか、真一くん」

「……おまえの住所がないことに島のだれも疑問を覚えないのは」

「うん、世界がゆがんでいるからだよ」

やっぱり、そうなのか。乙姫のこともそうだが、目に映る世界がおかしいことを誰も指摘しない。それをずっと異常だと思っていたが、どうやら認識にずれがあるからなのだ。ぼくだけが正常……という語弊があるが、誰も疑問を覚えていないことは事ここに至っては間違いない。

「おまえがぼくをヒーローにしたがる理由は、この差違なのか？」

「どうだろう。それって、ただの副産物だと思うよ。真一くんが正しく世界を認識できるのは、私の体液を口にしたからだし」

「体液？　ぼくがいつ口にしたって？」

「転校初日ー。覚えてないなら、いいけど」

……忘れるわけないだろ。恥ずかしくて惚けてんだよ、キスの話は。

とくに、友が同席しているこの場では絶対に蒸し返したくない内容だった。

「乙姫ちゃん、荷物ここに置くわよ？　ほかに入り用のものある？」

「友ちゃんは優しいなのですね」

そんなぼくの気など知らないで、朗らかなやりとりをする女子組。

乙姫の持ち物は少なかったが、やはり引っ越しとは大仕事。気が付けば夕暮れ時である。

「いまひとつが使えないから」

「はぁ？　友がことあるごとに夏希さんと駄弁るから悪いんだろ？」

「キスの話題すらビビり散らかす、ガールズトークの本質もわからない童貞風情が口を挟んでくるんじゃないわよ」

「童貞って言うな！」

「事実じゃない。乙女の勘もそう言ってるし」

「真一くんが童貞じゃなかったら、逆にびっくりなのです」

どういう意味だ、それは。

わいのわいのと騒ぎつつ、新居祝いと言わんばかりに、蛍ちゃんから分けてもらったうますぎる棒や調達してきた炭酸飲料をあおり、ぼくらは歓談の花を咲かせる。

「なんだか、懐かしいな」

それを横から見ていた夏希先輩が。

遠い目をしながら、ぽつりとつぶやく。

「夏希ちゃん、なにがですか？」

「ああ、乙姫ちゃんは知らないだろうけどな、昔はこうやって、こいつら三人、うちに集まっては騒いでたんだ。なんと言うかね、遠慮のないバカ騒ぎをしてさ。いまひとつと、友っちと、そしてワタシの同窓生だった忌――っと」

そこまで言いかけて、先輩ははたと口を噤んだ。そうして、心配そうにぼくを見遣る。

ぼくはいい。こんな大馬鹿野郎はどうでもいい。

けど、友は……いま俯いてしまった彼女は、被害者で。

「あの！」

幼馴染みが顔を上げ、努めて明るい声を出す。

「夏希先輩、ちょっと相談に乗ってほしいことがあるんです」

「もちろん聞くが……」

「じつは、夏祭りの話で、神社《わがや》からの依頼になるんですけど。蛍ちゃんたちのことで夏希先輩にお願いしたいことがあって。できれば落ち着いて話したいので……下、行きませんか？」

頷いた先輩とともに、幼馴染みは階下へと消えていく。

去り際に、先輩はこちらを振り返り、

「いまひとつ、二人っきりだからって乙姫ちゃんに不埒な真似をするなよ」

「しませんよ！」

「ああ、おまえはそんなやつじゃない。これからも、いつまでもそうであってくれ、誰にとっても。できるなら、あのバカにとってもだ」

どこかしんみりした表情で、そんな言葉を残していった。

反応に困る。ぼくはそこまで善人ではないし、あの男――忌部を許すことなど出来ないのだから。

なんとも言えない沈黙が数秒流れ、それを乙姫が打ち破る。

「真一くん」

人魚姫が、浅瀬色の瞳をこちらへ向けて、まっすぐに、透明に、問いかけた。

「あなたの過去には、なにがあったの？」

それは。

「友ちゃんと、真一くんと、あの悲しいひとの間に……なにがあったか、教えて」

「……すこし、長くなるぞ」

「いいの？」

いいも悪いもない。問われたならば、語らなければならない。なぜならこれは。

「ぼくが背負った、向き合い続けなきゃならない、罪の話だからな」

§§

あらかじめ言っておく。これはけっして、ヒーローの活躍で胸がすくような物語じゃない。

ぼくの幼馴染みに起こった悲劇と。

大馬鹿者が背負った、背負いきれない罪の話だ。

——自慢じゃないが、かつてのぼくは、だれよりも速く走ることができた。

それだけがぼくにとってのすべてで、だからこそヒーローを気取っていられたんだ。

なんでもできるつもりで、たくさんの考え無しをやらかした。

無敵で無謀で無鉄砲。

毎日が夢のようであり、理不尽なんか蹴り破ることができて。

世界は希望に満ちあふれていたから、自分も誰かの希望になれると過信した。

届く限りは手を伸ばし、自己犠牲なんて屁でもないと思っていたんだ。

……そのことに、後悔はない。

ヒーローごっこは楽しかったし、走ることがぼくらのすべてだったのだから。

知ってるか？　なによりも速く。どこまでも遠く。風のように走り続けると、世界は真っ白に染まるんだ。白銀の世界が、風になって流れていくんだ。

ぼくは、そんな世界の住人で、友はおなじ世界を見られる友人だった。

そして、もうひとり――御室戸忌部も。

スリートップ。彼が在学中に、ぼくらはそう呼ばれていたよ。

日本陸上界の至宝だとか、本県の誉れだとか散々渾名されたけど……たぶん、スリートップと呼ばれているときが、いちばん心地よかったと思う。

友は才能に恵まれていた。

走るために生まれてきた人間がいるとするなら、きっと彼女のことだろう。

ぼくにとって走るとは楽しいと同義だったけれど。

彼女にとっては、走っていることが自然だったのだ。

余分なものなどひとつとしてないのが汀渚友で。髪の毛だって、短く切り詰めていて。いつだって走り続けなくては生きていけない。そんな、回遊魚みたいな少女が彼女だった。

息をするように走り、息をするために走る。

遠くを目指しているときだけが、生き生きとしている、生粋のランナー。

地を蹴り、風を切り、躍動し、前へと進む彼女の姿はなによりも美しく、どんなものより感動的だった。友にとって、生きることとは走ることだったから。

ぼくだってそうだ。忌部もそうだと、信じていたさ。

だって、同級生に敵無しだったぼくらと、忌部は互角だったんだぜ？

競い合う仲間として、彼は本当にスゴイ先輩だったのだ。

『なんだよ海士野。もうへたばったのか？　それじゃあ俺の前を走る許可はやれないなぁ』

忌部はそんなことを、気取らず言える男だった。

陸上部と生徒会長の二足のわらじ履いて、両立させてみせた努力家の秀才。

学業の成績は常に県内トップ。ルックスは甘いマスクの優男。

そんなだから、忌部にはファンが多くて、ぼくも尊敬していた。我がことのように誇らしかった。

彼は優秀で、好青年で……少なくとも、そう演じていたわけだから。

引く手あまた、女子なんかとっかえひっかえ、男の取り巻きも多い。

一人っ子のぼくにとっては、嫌みな兄貴分という感じだったよ。うん、心から慕っていたさ。

友にとって？

彼女にとってどうだったかは、正直わからない。少なくとも、不仲じゃなかった。

『先輩の走り方、すっごくスマートじゃない？　あの忌部スライド、あたしもマスターしたいのよねぇ。だってほら……かっこいいもの！』

屈託のない笑顔で、純粋にそう語っていたこともある。

忌部だって。

『汀渚ぁ？　ああ、走るために生まれてきた女だよ、あれは。走ることが幸せで、幸せじゃないと生きていけないメンヘラだ。海士野も気をつけたほうがいいぜ、あいつは自分の幸せのためなら、誰かの人生だってねじまげる。まあ、俺は付き合うつもりだけどね』

なんて、嫌みを吐きながらも認めていたんだ。

友は忌部を受け入れていたし、忌部は友を大切にしていて。

ぼくは……彼らを祝福してもいいと思っていた。

忌部と友なら、結婚しても幸せにやっていけるだろうって。

——違う。

ああ、違うとも！

ぼくだって友のことは大切だ！

でも……忌部の方がひとを幸せにする力を持っていたのは事実だから……。

彼は母親と義理のお姉さんを失っていたけれど、父親は健在で考古学者。ついでに大金持ち。

友と忌部は、好き合っているんだと思っていた。

親の決めた許嫁なんて関係なく、お互いを思い合っているんだと。

……だけれど、そんなのは間違いだった……ぼくの勝手な、思い込みだったんだ。

あるとき。

普段より部活を頑張りすぎて、遠くまでランニングしてしまったぼくは、くたくたになりながら部室へ戻った。なんでその日に限って遠出したのかって、いまでは後悔してる。

ただ、あんまりにも空が遠くて、手が届くところまで走ってみたかったんだ。

ずるずると足を引きずりながら、部室の扉を開けようとして……不意に、中から声が聞こえた。

『――もう十分、頃合いだろ？　今夜、決行することにしたぞ』

忌部の声。普段温和に取り繕っている彼らしくもない、語気を荒らげた声。

思わず、ぼくは聞き耳を立てて。

『汀渚には十分優しくしてやったし、女の扱いだってわかってる。あの女のための練習で、今まで何人抱いたと思ってるんだ？』

耳を疑った。

『だからさぁ――優しくしてやるだけじゃ、あいつは俺のモノにはならないんだよね。それじゃダメなんだろ？　あれが俺の女になって、あんたのオモチャにならなきゃ、俺たちは困る。そうだよなぁ？』

聞き間違いだと考えた。

『やり方を変える時期なんだよ、もう犯したほうが早いって。汀渚のことはさぁ、海士野より俺のが手間取り早いんだよ。脅す方が手間ほうがわかってる。ほだすよりも〝道具〟だってわからせる方が手っ取り早いんだよ。脅す方が手間がない。心を折った方が効率がいいってわけ』

だって、彼は先輩だったんだ。ぼくらにとって、皮肉屋だけれど気のいい大人だったんだ。

なのに、聞こえてきたのは衝撃的な台詞で。

『ああ……そうか。折る、ね。いい考えだ。いっそ、脚の骨でも折りながら抱いてやればさぁ、いい声で鳴くんじゃねぇの、あの女ぁ？』

ガチャン――！

意図せずして踏み出した一歩が、積み上げられていた荷物を崩してしまい、シンと静まりかえった周囲に物音を鳴り響かせた。

『――誰だ!?』

忌部の誰何《すいか》。

気がつけば、ぼくは逃げ出していた。

彼の言っていることが理解できなくて、ひどく恐ろしくて。

友が道具？

友を犯す？

それを、先輩が口にしている？

ああ、逃避だよ。現実逃避だ。

ヘロヘロのくせに家まで走って、逃げ帰って、シャワーも浴びずに布団に飛び込んだ。演劇の芝居じゃないかって考えたよ。そうに違いないと自分に言い聞かせた。

でも、どれだけ考えても、疑念は晴れなかったさ。

先輩を信じたい思いと、彼ならできてしまうんじゃないかという達観。

……なにより、友が他人のものになることが、初めて怖くなった。それまで平気だと思っていたのに、不安で、不安で仕方がなくなったんだ。

だから、電話した。友に。なにもないかって。

そうしたら。

『今日？　今日はこれから、忌部先輩が来ることになっているけど？　なんでも島に伝わる龍神伝説のことで、御神体を見たいんだって。あと、大事な話があるとかなんとか――ひょっとしてプロポーズだったりして！　あ、いま妬いた？　へっへー。そう言えばさ、先輩のお姉さんも神話の研究をしていたらしくてね、そう言うところかわいいよね忌部先輩って――ちょっと、聞いてる？』

聞いていられなかった。電話を投げ捨てて、ぼくはすぐに家を飛び出した。

もうすっかりあたりは真っ暗闇で、夜が訪れていて。

それでも友の家に、辰ヶ海神社に向けて全力で走った。

練習の疲れで、もう身体はとっくに限界で、パンパンに腫れ上がった足は悲鳴を上げていたけれど、ありったけの力を振り絞ったさ。

ただただ恐怖にせっつかれて、息を切らせながら走る。神社の境内にたどり着いた頃には、想像できないぐらい時間が経過していた。速く走ったはずなのにな。

バクバクと心臓の音が、耳の後ろでひたすらうるさく鳴っていて。

もどかしく思いながら、拝殿へと近づく。

けれど、そこはもぬけの殻で、人の気配も明かりもない。

もう、このときには注意力が欠如していたんだと思う。

遠くで物音がした。

そっちに向かうと、闇の中にぽつりと明かりのともった建物があった。御神体のある本殿だ。

荒い息が漏れないように口を塞いで、慎重に足音を殺して歩み寄る。

扉の隙間から、そっと中を覗けば、本殿の奥に奉られた御神体のまえで――人間の倍ほどもある巨大な岩だ――ふたつの人影が、言葉を交わしていた。

ひとつは、巫女服の友。

そしてもうひとつは――黒塗りの棒を持った、御室戸忌部。

『先輩？　なんですかそれー？　ひょっとして、オモチャだったり？』

『いいや、護身用さ。スタンバトンってやつでね』

『……なにに使うんです？』

『狭い島だけどさぁ……用心はしないと、だろ？　俺の義姉さんも物騒な目に遭ったわけだし』

『…………』

『それにこういうの、海士野が好きそうじゃん？　いつか見せてやろうと思って、今日は持ってきたってわけ』

『――っ。あ、あはは……そう、ですね。あいつ、きっと喜びますよ』

冗談めかした先輩の言葉に、友は引き攣った笑いを浮かべる。

忌部も笑っていた。けれどそれは、悪魔のような顔で。

『だろ？　けどさ、俺がこういうの持ってること、ほかのやつには内緒にしといてくれないか』

『ええ、はい。いいですよ』

『頼むよ。ひとに言えない秘密がいまさらひとつやふたつ増えたって、どうってことないだろ？』

『秘密って……先輩どうしちゃったんです？　今日は冗談ばっかり！』

友は必死に笑い飛ばそうとする。

けれども。

『冗談？　まあ、冗談みたいな話か。この御神体と、龍にまつわる秘密だよ』

『なんの話か、あたしにはちっともわからなくって』

『……下手くそかよ』

『えっ？』

『嘘が下手だって言ってるのさ。それに、わかりやすすぎるんだよね、おまえら』

意味のわからない言葉に、友がうろたえる。

忌部が、一歩踏み込む。

『汀渚、黙っておいてやるよ。だからさ……おまえの秘密、俺にも使わせてくれないか』

『な、んで――』

『回りくどいのはよくないな。なんで知ってるんだとか、どうするつもりなんだとか、そう言う逃げ方をするなら……もういいや。穏便な方法はさ、もうやめたんだよね。あー、そうか。だったら、もう少し強引にやったほうが、面白いよなぁ』

『意味、わかんなくて』

『知られたくないだろう？　海士野の奴に、おまえが――』

『やめて』

首を弱々しく振る友と、醜悪な嗤笑を浮かべる忌部。

バチリとスタンバトンの表面で紫電がはじけ、幼馴染みの細い体が恐怖に跳ねた。

……情けない話だけれど、ぼくはそこまできても、目の前の出来事が信じられなかったんだ。

ふたりが共謀して、ぼくを騙そうとしてるんじゃないかとすら疑っていたよ。

でも。

『なあ、それ、ひょっとしてお願いってやつか？』

『…………』

『おいおい、それこそ冗談だろ？　普段の勘の良さはどうしたんだよ汀渚ぁ？　なにをすればやめてもらえるのか、どうすれば黙っててもらえるのか……わかるだろ？』

『それは――』

『ぐだぐだ言ってないで、俺の口をうまく塞いでみせろよ』

『えっ？』

『男を喜ばせてみろってこと。おまえのその場しのぎ、付き合ってやるからさ』

ふたりの距離が縮まる。

血の気の引いた顔で、唇を固く結んで、嫌悪感からぎゅっと目を閉じる幼馴染みに、

『たすけて』

忌部の、悪辣に歪んだ顔が覆い被さり――

『たすけて、真一……』

弱々しい友のＳＯＳが聞こえたときには、葛藤なんて全部、真っ白に吹き飛んでいた。

夢中だった。

走っているときと真逆に、周囲の風景は白黒の闇。

ぼくは叫び声を上げながら本殿へと飛び込み、忌部のやつにつかみかかる。

友がやめてくれって叫んで、忌部がぼくを殴りつけて。

吹き飛ばされたぼくは、しこたま御神体に背中をぶつけ。それでも獣のように暴れながら、忌部にもう一度飛びかかり……確か、取っ組み合いになったのだと記憶している。

彼を殴って、スタンバトンが地面を転がり。ぼくはそれを拾い上げ、

『海士野ォォ！』

『忌部ぇええええええええ！』

思いっきり、彼の肩口へとたたきつけた。

はじける電光、骨の砕ける嫌な音。それすらものともせず忌部は応戦し、ぼくも更なる一撃を振り下ろす。

必死だった、守りたかった、ただ憎かった。

……だから、気がつかなかったんだ。

ぼくがぶつかったことで、御神体がバランスを崩していたことに。

ハッとなったとき、巨大な岩が、こちらへと向かって倒れてきて。


――ノイズ――


『よかった、真一が無事で』

我に返ったとき、鼓膜を揺らしたのは呪いの言葉。

岩の下敷きになる直前、ぼくは誰かに突き飛ばされた。

友だった。

幼馴染みが、ぼくを救ってくれた。けれど代わりに、彼女の足は岩の下敷きになって。

忌部？　あの男は逃げていったよ。友が怪我して怖くなったんだろう。悲鳴を上げながら、ケツをまくってみっともなく逃げた。

でもさ、本当にみっともなかったのはぼくだ。

だって、ぼくのせいで友は怪我をして。

『——ありがとう、助けてくれて。やっぱりあんたは希望よ。ぜんぶ、あたしの所為なのに——』

そうだってのに、あいつは笑ったんだぜ⁉

申し訳なさそうに、自分の所為だって言って笑ったんだ、ぼくを心配させまいと！

ふざけるなよ、なにがヒーローだ、とんだ思い上がりの増上慢《ぞうじょうまん》だ！

なんで……なんで友が傷つかなきゃいけなかったんだよ……ぼくがヒーローだっていうなら、友こそを守らなきゃいけなかったのに。

そうだ、そのときになってやっとぼくは気がついたんだ。

汀渚友は、海士野真一にとって、掛け替えのない存在だったんだって。

ぼくは、あいつが好きだったんだって。

失ってから、気がついたんだ——

§§

「以来、彼女の人生は変質してしまった。半狂乱のぼくが、太上先生に電話をかけて、あのひとはすぐに救急車を手配してくれて……おかげで友は歩けるぐらいには回復したけど」

それでも、彼女は二度と走ることができない体になった。

失ったんだ、生き方を。

「それで、ぼくは二度と走らないと決めた。直後にさ、島には嵐がやってきて、その中を走ったよ。ラストランだ。で、ぜんぶ封印した。友との距離は、それからおかしくなった。全部ぼくが悪い。これは、それだけの話なのさ。ヒーローがはじめから失格だったっていう、間抜けなエピソードなんだよ」

ぼくは、長い話をそう結ぶ。

喉の渇きを覚えて、清涼飲料水へと手を伸ばす。

「つまんない話だよな。おまえもそう思うだろ、おとひ、め？」

長広舌《ちょうこうぜつ》に飽き飽きしているかと彼女を見遣り、ぼくは言葉を失う。

泣いていたのだ。

少女は、ボロボロと号泣していた。

「えっぐ、ひっぐ……うわーん！」

「——な」

なんで、おまえが泣くんだよ。

気にすることなんて、なにもないだろうに。これは、ぼくの問題なんだから。

「だって、だって……！」

「とりあえず泣き止め。ほら、ハンカチ貸してやるから」

慌ててポケットからハンカチを取り出すと、引っかかって、なにかが一緒に飛び出す。

鉱石ナイフ。

磨き抜かれた刃ではない、いびつな形の切れない刃物が、床へと転がる。

「……これは、罪の証なんだ」

あの日、はじまりの夜。

ぼくらに倒れかかってきた御神体は、倒れた衝撃で一部が欠けた。

これは、その断片で一番大きな部分を削り出したものだ。友が怪我をしてパニックになったぼくが、夢中のうちに握りしめて、そのまま持ち帰ってしまったものから作ったナイフ。

「忘れたくないと思った。二度と走らないと決意したかった」

だから、欠片を加工して、刃の形にして。

自分の足を、切り裂いた。

「もっとも、ご存じの通りこいつは生きてるものは切断できなくてさ。でもな、おかげで誓えた」

罪を忘れないことを。

「だから、ぼくはヒーローじゃないんだ」

世界という理不尽に、あらがうことなどできないし。

おまえが言うような、なにもかもを救うやつにはなれないからと、弱気な言葉を口にしかけて。

「光……？」

目を瞠る。

床に落ちた乙姫の涙が、輝きを発していた。

それは見ている間に一つに集まり、形をなす。

「人魚姫の、涙……」

おとぎ話で読んだことがある。人魚姫が流した涙は、この世で最も美しい宝石になると。

「でも、前におまえが魚釣りで泣いたときには、なにも」

「それは、空想力学だから」

なんだって？

「これは、真一くんが持っているといいですよ」

まだ涙ぐんでいる少女が、ぼくの手を取って、宝石を握らせながら告げる。

これこそが、空想力学なのだと。

「真一くん。あと少し。もう少しで、きっと想い出は足りるから。そうしたら、そんな苦しい思いはしなくてすむようになるよ。おかしくなってしまったことは、全部。全部元に戻るから」

でも、友が怪我したのは、世界がどうとかじゃなくて、ぼくの責任で。

「……うん。覚えてないんだね？　真一くんは、やっぱり〝虹色あくま〟を。でも、だいじょうぶ、私だけは覚えているから」

「だから、おまえはなんの話をして――」

そこまで言いかけたところで、階下から小気味よい足音が響いてきた。

ぼくは慌てて、乙姫の手を振り払って距離を置く。

「はーい、おまたせー。ビッグニュースビッグニュース……って、んんんー？」

なぜかやたらめったら楽しそうな様子の友が、部屋の中に入るなり首をかしげてみせる。

彼女は、微妙な距離のあるぼくと乙姫を交互に見比べて、

「ははぁん？　さてはいまひとつ、乙姫ちゃんにえっちなことしたな！」

「はぁ!?　してねーよ！」

「でも、ちょっと乙姫ちゃんの目元が赤いし」

この山猿、ここぞとばかりにおちょくってきやがって……！

「それより、なんだよビッグニュースって」

「あ！　そうだよ、聞いて聞いてふたりとも！　じつは、なんと、ついに！」

彼女は、あの日ことなんてひとつも覚えていないという顔で。

陰りのない笑顔で。

楽しそうに、こう告げたのだった。

「辰ヶ海島の夏祭りに、人類存亡部で出店を出すことが決まったのよ！」

幕間　ある夏の日

とある日の出来事である。

「寝ちゃったわね」

「寝ちゃいましたねー」

汀渚友と澪標乙姫は、お互いに顔を見合わせ、「しー」と唇の前で人差し指を立てた。

人類存亡部、いきつけの喫茶店。

そのテラス席に突っ伏して、海士野真一がすやすやと穏やかな寝息を立てていた。

「疲れもするわよね。昨日は夜通しバーベキューで、今日は朝から議遊び。さっきまではあたしたちの買い物にまで付き合ってたわけだし」

ちらりと横を見遣れば、積み上げられた荷物の山。これを真一は、一人で抱えてきたのだ。

「楽しいショッピングだったもんね！」

「ええ、真一が荷物持ちをやってくれたおかげでね」

茶目っ気たっぷりな友の物言いに、乙姫も軽く吹き出す。

「ん……んー……」

「おっと」

もぞりと動いた真一を見て、ふたりはまた、いたずらっ子のように「しー」と指を立てる。

「今日は涼しいわね。雪も、あんまり降ってないし」

エッグタルトをフォークでつつきながら、空を見上げて友はつぶやく。

山盛りのパンケーキにかぶりついていた乙姫も、同じように空へと視線を向け、

「友ちゃんは、演技が上手だよね」

と、言う。

「演技？　なんのこと？」

「自分に嘘をつくのが上手ってこと」

「……嫌な言い方するじゃない。なに、安いケンカでもあたしは買うわよ？」

「じゃあ、覚えてる？」

「なにを」

「海が本当は何色で——真一くんが、あの嵐の夜、あなたたちになにをしたのかを」

「…………」

押し黙る友。

乙姫は慈しむように浅瀬色の眼を細めた。

「やさしいね、友ちゃんは。大丈夫、私だけは、全部覚えているから」

「あたしはっ」

友が声を荒らげようとしたとき。

「おやぁ。そこで寝ている子は、ひょっとして海士野さんちの息子さんじゃないかね……？」

齢を重ねた、けれど落ち着いた声が割って入る。

見遣れば、腰の曲がった老婆が目抜き通りからやってきて、しげしげと真一の寝顔を眺めていた。

「えっと、おばあちゃん、なにか真一に用事……？」

「ああ、大切な用事だよ。じつはずっとまえ、この子には助けてもらったことがあってねぇ」

「助けた？　真一くんが？」

「そうさ。遠出したとき、腰を痛めたことがあって……そのとき通りかかったこの子が、家まで背負ってくれたんだよ」

またも顔を見合わせる友と乙姫。

老婆はうれしそうに真一の髪を撫でる。

「わたしを送り届けたら、風のように走り去ってしまってねぇ……ずっとお礼がしたかったんだが、たいしたことじゃないと言い張るもんだから機会を逃してね。いまは持ち合わせがこれしかないが……どうか起きたら食べさせてやっておくれ」

「これ、なぁに？」

「うちでとれた夏みかんだよ。お嬢ちゃんたちにも、はいどうぞ」

しわくちゃな顔へ穏やかな笑みを浮かべ、老婆は三人の前に夏みかんを置いた。

「それじゃあ、よくよく言っておいておくれ、婆が感謝していたと」

もう一度、真一の顔に触れると、老婆は喫茶店から立ち去っていく。

「……えっと」

「なんだったんだろうね、いまの」

「さあ……」

友と乙姫が困惑していると、再び声をかけられた。

今度は女子中学生が、口元を押さえながら真一へと近づいてくる。

「……だいたいわかってきたわよ。あなたも、こいつに用事？」

「はい！　じつは、友達と遊んでいて崖から落ちそうになったところを助けていただいて」

「それで、名前も告げずに立ち去った？」

「そう！　そうなんです！　まるで王子様みたいだなって思って、まさか再会できるなんて！　ひょっとして、これって運命――」

「違う！　きっとぜんぜん違う！」

「そう、ですか……？」

全力で友が否定すると、女学生はしょんぼりと肩を落とす。

けれど、辰ヶ海島の人間はタフだ。転んでもただでは起きない。

「だったら、せめて電話番号を」

事前に準備していたとしか思えない手際で、少女はアドレスと携帯端末の番号が書かれた可愛らしい便箋を真一の前に置く。

「仲良くしてくださいと伝言お願いします！」

有無を言わせずそれだけ告げると、女子中学生も雑踏のなかに笑顔で消えていった。

「こいつ、ジゴロの才能があるんじゃないかしら……」

「友ちゃん、それはスッゴク今更だよ」

げっそりと友がうなだれ、乙姫があきれ顔で肩をすくめる。

そうしていると、三度目の声がかかった。

今度は、ひとつではない。いつのまにか、カフェの前には人垣が出来ていた。

誰もが好意的な、キラキラとした視線を真一へ注ぎ。

「ぼくも助けられたんです！」

「こないだ自転車を修理してもらって」

「トラックが立ち往生したとき――」

「わしの代わりに荷物を運んでくれてな」

「いっしょにポチをさがしてくれたー」

押し寄せる老若男女。彼ら彼女らは一言お礼を言って、謝礼の品を机に積み上げていく。

人々はみな清々しい笑顔で、心の底から真一と再会できたことを喜んでおり、喧噪が去る頃には、テーブルからプレゼントが転がり落ちそうなありさまだった。

「すごいねぇー」

乙姫が、眩しいモノを見るようにしてつぶやき。

「当たり前でしょ」

友は誇るように胸を張って。それから寂しそうに微笑む。

「だって、こいつはヒーローだったんだもの」

「いまだってそうだよ。だからこんなにも、空想力学が輝いている」

「空想力学？」

首をかしげる友に、乙姫はテーブルいっぱいの品物を示す。

「これが全部そう。キラキラ輝く思いの結晶。つまりは空想力学なのです！」

「……そっかー」

友が小さく息を吐き出したところで、その日、最後の来訪者がやってきた。

それは。

「ししょー！」

「蛍ちゃん。それと」

「いつも娘がお世話になっています」

童女である夕凪蛍とその母親は、真一の顔を見て、ゆっくりと頷く。

「ああ、やっぱり、この人だったのね」

「しゃてーのこと、おかーさんしってるの？」

「ええ、この人は、蛍の恩人なのよ」

彼女は語る。

まだ蛍がおなかの中にいた頃、具合が悪くなって車道へと倒れそうになったことがあったのだと。

車道は、ちょうど発電所へ行き来する大型車が何台も走っていて、あわや大惨事。

「そこを間一髪、引っ張り戻してくれた少年がいたの。それが」

「真一、だった……？」

「そう。でもね、すぐいなくなってしまったから、お礼も言えずじまいで。ようやく今日会えて……汀渚さんと一緒にいるってことは、蛍とも遊んでくれていたのでしょう？　ほんとう、なんって言ったらいいのかしらね？」

思案顔だった彼女は、そこでパンと手を打って。

「そうだ！　ここの支払いは、わたしに持たせてくださいな」

突然の申し出に、慌てて友は首を振る。

「そんな、悪いですよ」

「せめてものお礼だから。それに……こんな風に眠っているときでないと、受け取ってくれそうにないんだもの」

慈母の表情を浮かべた彼女の袖を、娘は何度も引く。

「ねえ、おかーさん。ほたる、チーズケーキが食べたい」

「あらあら。じゃあ、夕飯の前だから、半分こしましょうね」

親子は笑い合いながら、店の奥へと消えていく。

友と乙姫は、その様子を見送って、ほとんど同時にため息をついた。

「まったく」

こんな騒ぎでも目を覚まさない幼馴染みの頬をつつき、友はあきれ顔になる。

そんな彼女をジッと見詰めて、ゆっくりと乙姫は切り出した。

「友ちゃんはさ」

「なによ」

「本当は私の正体、知っているでしょう?」

友は答えない。答えを出したとき、全ての運命が定まってしまうと理解していたから。

だから乙姫は続ける。友と真一のふたりを、同時に視界へ入れながら。

「私を殺せる人はね、どんな時代にも必ずいるの。まるで一対みたいに」

「それが、こいつだっての?」

「うん。けれど、私は思ったのでした。友ちゃんや真一くんを見て、一緒に生きてみたいなって」

沈黙する友の手を取り、真一の手と重ねて、乙姫は続ける。

「それって、きっとすごく迷惑で。ずっと忘れられなくなっちゃう一生の傷かも知れなくて。でも、だから……私は選んだのです。このひとが、いいなぁって」

眠れる少年を見つめる人魚姫の眼差しは、今日この場を訪れた人々と、とてもよく似ていた。

だから友はため息を吐く。同時に納得もする。それはそうだろう。

なぜならば。

「ええ、だってこいつは、つくづく誰かのヒーローなんだもの」

ぎゅっと幼馴染みの手を握りしめながら、友は柔らかく、恨み言を口にした。

第五章　もんじゃ焼きと想い出ナイフ

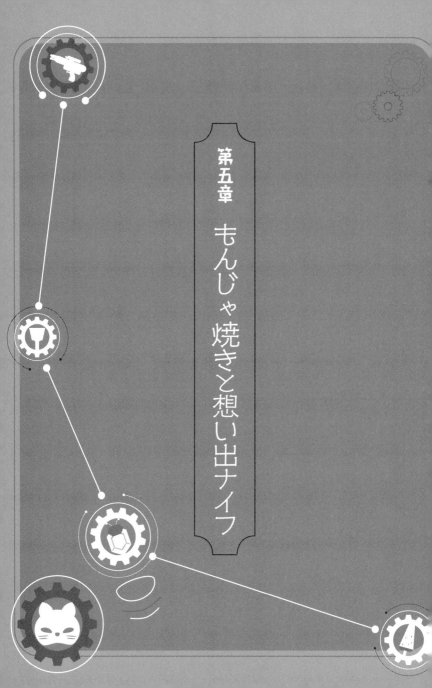

「海士野くんは、島に残るのだったね？」

七月の終わりも近づいてきたある日、ぼくはまたも登校を余儀なくされていた。

今度は太上老君との二者面談である。

……なんで？

「事ここに至って、きみの進路がいまだ不明確だからさ。それは可能性に満ちていると言い換えてもいいが……いや、どちらでも同じことだがね」

なるほど、今日まで進路調査票に適当なことばかり書いてきたツケが回ってきたわけか。

「まだ、陸上選手として進学する方法は残っているのだよ、海士野くん？」

「先生！」

「……わかっているとも」

こちらを見遣る彼の眼差しには生気が感じられなかった。ぼくという問題児の相手をしているので疲れ切っているのかも知れない。申し訳なさを感じる。

「きみは二度と走らない。その未来は、忌まわしいことに確定されてしまった。二年間におよぶ干渉は、いままさに完成を迎えつつある。だから――新たな可能性を見いださなければならないのだ」

よくわからないことを言い出す先生。マジで疲労困憊なのだろうか？

「集中できていないようだね？　では、話を変えよう。海士野くん、きみは……汀渚くんをどう思っているのかな？」

「なんですか、突拍子もない」

そもそも、どうしてここであいつの名前が出てくるのかさっぱり解らない。

「――ふむ。その様子だと、やはり固定されているか」

固定？

「君たちの関係が、生涯変わらないという意味だよ。だが、それでは駄目なのだ。海士野くん、これはひとりの男としてする助言だがね。好きな女の子がいるのなら、そのために命をかけるべきだ」

「……！」

「就職だとか、遊びだとか、もちろん人生において重要なことは数多あるが。しかし、命をかけるべき事柄はたった一つ、愛する誰かを守ることだよ。添い遂げるべきなのだ、海士野くん」

おいおい、なに言い出しちゃってるんだこの教師は？

まったくぼくだからいいものの、これで相手が女子だったらセクハラじゃ済まないぞ？

ジョークとしても三流だ。

「ジョーク？　いいや、冗談など言ったつもりはない」

彼はゆっくりと頷き、真剣な表情でぼくを見つめる。

「海士野くん。海士野真一くん。きみはね、どうやらずいぶんと重要なことを見失っている。将来の展望と同じぐらい大切なことを、きみは忘れてしまっている。もしも忘れたままならば、きみはきっと、取り返しのつかない大きな苦しみに遭遇するだろう。それは」

それは？　なんっすか？

「……いまは黙しておこうか。だが、これだけは言える。きみはヒーローに戻るべきだ。なにかを害するのでも、腐して生きるのでもない。愛するものを守るための人生こそ幸福。わかるかな？」

「先生」

「なんだい？」

そんなの。

「ぜんぜんわかりません！」

ちっとも欠片もわからない。

ヒーローとはなんなのかとか、愛するものとか、わかるわけがない。

だって、ぼくはただの中二病患者で、友を傷つけた馬鹿野郎で……！

「……すまなかった。少し意地悪が過ぎたようだね。年ばかり食ってくると、どうしてもこうなるのだ。詫びではないが、なにか悩みがあるのなら、聞かせてくれないかな？　教師として、人生の先達として、答えられる範囲でなら教えることもできるだろう」

「だったら、ひとつ教えてくださいよ」

「聞こう」

「先生は、あいつの……忌部の父親と、懇意なんですよね？」

考古学者であるその人物は、辰ヶ海島の昔話とか、逸話について異様に詳しいらしい。

だとしたら、忌部の父と先生が親しいのなら……知っているかもしれない。

「辰ヶ海島と、人魚の関係。これについて、思い当たることはありませんか？」

太上老君は当惑したように眉を寄せ。それから、なにかを想い出したように双眸を細める。

「結論から言えば、人魚の逸話は、この島にはない。あるのは龍の伝説だけだ。ただ」

「ただ？」

「いや……ずいぶんと以前、きみと同じような質問をした人物がいたと思ってね」

同じ質問？　いったい誰が？

「他ならない御室戸忌部くんの義姉、御室戸藍那くんさ。もっとも――」

彼は視線をゆっくりと下げ、偲ぶようにその言葉を紡いだ。

「彼女はとっくに、故人だがね」

§§

辰ヶ海島に人魚の逸話というのは残っていないと、太上老君は語った。

一方で、龍の伝説については存在するとも。

学校を出て、自転車を押して帰りながら、龍の伝説とやらに思いをはせる。

頭の中で、先生の声が甦った。

「この島の龍は、人間と神の間を取り持つ調停者として描かれているのだよ」

大昔、この島の近海には一匹の龍が住んでいたという。

龍は怪我をしていて、空を自由に渡ることができなかった。

島の人々は、龍のことをかわいそうに思って、ほうぼう手を尽くしたらしい。

彼らは龍を大切にして、助けあって生きていたのだ。

「あるとき、大雨が続き、海が荒れ、島のあらゆるものが流され、駄目になりかけた」

龍は島の人々を思い、天上の神様へ雨をやませてほしいとお願いに行こうとしたそうだ。

しかし、龍の傷は癒えておらず、飛び立つことができない。

「そんなとき、島の外からやってきた侍が、この龍こそが雨を降らせている正体であると言って、逆鱗を貫き、刺し殺してしまった。この刃を、クモキリ——雲を切ると書いて、雲斬と呼ぶ。龍を殺すことができる概念の付与された、いわゆるドラゴンスレイヤーだね」

そうして、抵抗もせず殺された龍を憐れに思った神様は、その遺骸を空へと召し上げ。

「龍の思いが通じたのか、やがて雨はやみ、海も穏やかになり、人々は安心して暮らせるようになった。あとには龍が大切にしていた宝物、龍玉が残り」

これが、いまも辰ヶ海神社で奉られている、あの御神体の大岩なのだという。

「なんつーか、救われない話だよな」

だってそうだろう？

龍も島の人たちも仲良しだったのに、突然出てきた侍に殺されてしまうなんて、あんまりいい話だとは思えない。昔話とはそう言うものだと言われれば、否定のしようもないけれど、どうにも釈然としないものが残る。なんと言うか、ちぐはぐな感じがするのだ。

ウンウン唸りながら自宅付近まで来たところで——異変が起きた。

衝撃とノイズ。この感覚には覚えがある。

はっと空を見上げれば、西の端から東に向かって青空が灰色に停止していく。

時間が、止まる……！

「虹色あくまか!?」

慌てて周囲を見渡せば、畑の密集している辺りに、あの結晶体が浮かんでいた。

悪い予感がして、自転車に飛び乗る。

坂道を登り切り、そのまま速度を落とさず最短距離を飛ばす。呼吸が苦しくなってきたころ、暴れる虹色あくまへと辿り着いた。

そしてそこには、やっぱり乙姫の姿があって。

「――――」

しかし、なにか様子がおかしい。結晶体からそれほど離れていない位置で蹲《うずくま》っているが……まさか、既に攻撃されたのか？　最悪の予感に肌を粟立たせながら、自転車を彼女の前へと滑り込ませ、乗り捨てる。その細い肩に触れて、ぼくは状況を理解した。

「真一、くん」

震えていた。

少女は恐怖におびえ、絶望におののき、どうしようもないぐらい震えていたんだ。

「なんでかな。急に、怖くなっちゃった」

「なっちゃったって、おまえ」

「たくさん素敵な想い出ができたから、うれしいはずなのに。世界のゆがみを糾《ただ》すのが、私の役目なのに」

いまになって、恐ろしさがこみ上げてきたのだと、乙姫はうめく。

「私、おかしくなっちゃったのかな……？」

「そんなわけ、あるかっ」

その矮躯を、ぼくは抱きしめる。

今日を楽しいと思っているやつが、死を怖れるなんて当然のことだ。誰だって生きたいに決まってる。間違ってなんかいない、おかしくなんかなっていない。そう伝えたいのに、虹色あくまは待ってくれない。

暴れ続ける結晶体によって、周囲の畑はボロボロ。炎天下の日中だから、人気がなかったことだけが幸いだけど、このまま破壊が続けば、いつかは——

「……ぼくが、なんとかする」

「できないよ」

「そうだとしても、おまえを見捨てておけるか！」

「……優しいね、真一くんは。でも、これは私がやるべきことだから。私が、やりたいことだから」

力強く言い放つと、彼女はぼくの腕の中から飛び出してしまう。

反射的に抱き止めようとするが間に合わず、彼女は虹色あくまへと向かって走り出す。

その華奢な身体で、立ち向かう。

「乙姫、おまえは」

その先を、なんと続けるつもりだったのか解らない。犠牲になる必要はないと？　それとも命は大事にしろとでも説教を垂れようとしたのか？　彼女が行動しなければ世界は狂ったままなのに？

そうだ、ぼくは無力で。彼女は必要な犠牲で。だから。

「――っ」

言い訳を募らせようとしたとき、ぼくは鈍器に殴られたような衝撃を受けた。

彼女が、泣いていたからだ。

結晶体が振り下ろす触腕へ飛び込みながら、乙姫の双眸からは、いくつもいくつも涙が溢れて。

「死ぬのって、こんなに怖いんだね、真一くん……っ！」

それが、最後の言葉。

ぼくだけの耳に届いた、彼女の叫びだった。

――澪標乙姫は、死んだ。

その後、いつも通りよみがえり、世界は修復され、畑は巨大なひまわり畑へと変換されて。

彼女は変わらずに笑い、またぼくらと青春ごっこをはじめる。

虹色の結晶体は、来る日も来る日も島へと現れ、そのたびに彼女は犠牲になった。

人魚姫は文句のひとつも言わず、繰り返し死んだ。死んで、死んで、死に続けた。

諦めたように、これでいいというように、微笑みながら。

ぼくは。

無力な海士野真一は――

「このままじゃ、駄目だ」

切実に、変わりたいと願った。だって、あいつは死ぬのが怖いと言ったのだ。

だから。

希望を――探そう。

§§

「晶化《しょうか》の森採取ツアー！　辰ヶ海島の最奥に探検隊は幻の大結晶を見た!?　スペシャルー！」

「うぇーい！」

〝隊長〟と書かれた腕章装備の友が右手を突き上げると。

探検隊ルックに身を包んだ乙姫が追従する。

本格的に猛暑の体《てい》をなしてきた、七月末日。

ぼくらは島の浜辺にできた、とある場所へとやってきていた。

そう、虹色あくまによってゆがめられた世界の一部〝晶化の森〟にである。

「晶化の森……そこは辰ヶ海島の人々によって、神聖にして侵すべからずとまで言い伝えられてきた禁足地……この地にはかつて世界を救ったという龍の骸が横たわっているとされている……」

「おい、初耳だぞ、幼馴染みの巫女もどき」

「すべては幻か、単なる口伝か……いや、彼の地に龍は実在した！　このたび辰ヶ海《我が家》神社全面協力のもと、未曽有の大探索が許可されたのだ！」

「のだー！」

おまえも調子を合わせるんじゃないよ、乙姫。

「という建前で、あんたには鉱石ナイフの素材を調達してもらいたいわけ」

「切り替え速度が速すぎて逆回転して見えるわ、なんだその説明」

「仕方がないでしょー。鉱石のストックがないって言い出したのはいまひとつじゃない？」

それは、そうなのだが。

さてはて……辰ヶ海島では、お盆ぐらいの時期になると夏祭りが行われる。

今回、友のちょっとした茶目っ気で、人類存亡部は鉱石ナイフの店を出すことと相成った。

売れないだろうと思うのだが、これも想い出作りの一環だと諭されれば反論もできない。

そう言うわけで、このような異郷の森くんだりまでやってきたわけなのだが……

「なあ、友。おまえはこの森のこと、どう思う？」

「どうって」

彼女はきょとんと、目を丸くする。

「龍が住んでいたって伝説がある、どこにでもある晶化の森じゃない？　実際はただの地殻変動で、掘り出すほどの価値がなかった鉱脈が生えたものだって聞いてるけど……あー、でも、鉱物っていうより、ちゃんと植物みたいな感じね、ここの石」

「そうか、そう言う感じか」

「なによー。ひっかかる言い方ー」

拗ねる幼馴染みをなんとかはぐらかし、ぼくは思考を回す。

やはり、世界のゆがみは島の人々にとって、ごく自然なことだと認知されているらしい。

晶化の森は、はじめからここにあったとされているのだ。

以前見たモスマンや、鉱石の虫、山中に出来た光る池と同じ、改変された認識。

これを深く考察することは、事態の解決に結びつくだろうか？

「やるわよ！」

「うんうん、採掘採取も空想力学だね。がんばろー！」

そんなこちらのマジ思考などお構いなしに、お気楽女子二人組はアッパーテンションを維持。

晶化の森へと、ガンガン踏み入っていく。

肩をすくめながら後へ続くと、森の奇妙さがすぐにわかってきた。

砂浜から丘陵地へと続く一角が、文字通り結晶体の生える森となっている。土壌は高温で焼かれたようにガラス質。そこから天に向かって、氷柱じみた大樹がいくつも伸びており、樹木はどれも触れれば切れそうな葉を茂らせている。地を覆う草も、おおよそ同じ様相だ。

こんなところで転べば大怪我必至だろうに、友は鼻歌交じりの一足飛びで奥へと進む。

「危ないぞ、野猿」

「だーれーが野猿よ。見てなさい、大丈夫だから」

しゃがんで足下へと手を伸ばす彼女。そこには、いかにも鋭い葉を持つ植物が茂っていて。

「止《よ》せ、友！」

「ほら」

「え？」

くしゃり。

幼馴染みの手中で、植物はたやすく砕け散り、形を失う。

それは、ガラスというよりも、まるで雪の結晶のような儚さだった。

「ね？　触れられた方が砕けちゃうの。奥に行けば、なんだったかしら……あい、あいあ……」

「デザートアイアンウッドか？」

「そう、化石みたいに硬く結晶化した鉱石もとれるらしいから、さっさと進むしかないってわけ。この強度じゃ、材料にならないでしょ？」

アンダースタン？　と聞かれれば、イエスと答えるしかない。

「わかればよろしい」

満足げに先頭に立つ友。ぼくは乙姫へと小声で訊《たず》ねる。

「あいつが言っていること、マジか？」

「たぶん本当だよ。でも、龍がいたっていうのは、どうだろうね」

いや、そんな話は、どうでもいいんだが……。

「むー、龍は大事だよ！」

なぜか、ぷくーっと頬を膨らませる乙姫。

「それこそ友ちゃんに聞いてみればいいんだよ。本物の龍は偉大で、サンタクロースみたいな存在なんだから。神様にロマンを送り届けるすごく重要な仕事があって」

「へー」

「理解してないねっ？　あのね、世界龍は――」


「――きゃぁあああ!?」


突然、絹を裂くような悲鳴が響いた。

幼馴染みの声だと理解するよりも早く、ぼくは地を蹴る。

さっきまでおっかなびっくりだった森の中を、躊躇うことなく、可能な限り急いで進む。

転ぶかなんて、考えもしない。

「友！」

幸いにして、彼女の姿はすぐに見つかった。

幼馴染みはぺたんと地面に座り込んでいたが、こちらへ気が付くなり、

「馬鹿！」

なぜか罵声を上げながら、抱きついてきた。

「あんたは、いつもそうよ……」

なにが、とは聞けなかった。彼女の顔面が蒼白で、いまにも泣き出しそうだったから。

しかし、マジでどうしたんだ？

「あれが、急に」

友は目を背けたまま、森の奥を指さす。彼女の震える指先が示す先には――

「……は？」

なんか小さい蛇がいた。赤い舌をチロチロしている、可愛らしい蛇が。

「怖いのか、蛇？」

「怖くないの、蛇？」

「…………」

「…………」

「ぷっはははははははははははははははは!!！」

盛大に吹き出す。

「なによー！」

激怒する友だが、これぱっかりは仕方がないだろ。

「天下無敵の山猿総大将さまが、こんなちっちゃい蛇のひとつが怖いって？　島の子どもたちに崇拝される男勝りのおまえが、がきんちょどもならおもちゃにするようなこの蛇が怖い？　ははははははははは！」

「わ――笑うな、いまひとつのくせに！」

「笑うだろ、さすがに」

この蛇は別に毒を持っているわけでもないし、むやみやたらとひとへ噛みつくわけでもない。

それを島で一番肝の太そうな友が怖がるなんて、誰も思わないじゃないか。

「ぐぬぬぬ……苦手なのよ。童貞にはわかんないと思うけど、淫靡だし。なんか目つきが無機質で」

「ぬいぐるみとかの眼みたいでかわいいじゃん」

「あんたの感性がわかんない。あと、やっぱり好きじゃないの、蛇。なんてーのかしら。その……ハッピーエンドにたどり着けない気がして」

首をかしげると、彼女は唇をかんだ。

大きく深呼吸を繰り返し、幼馴染みがぼくを見詰める。

普段なら射貫くように真っ直ぐな眼差しが、いまだけは奇妙な感情に揺らいでいて。

「よく聞いてちょうだい。西洋で蛇は邪悪の象徴よ。ドラゴンは、倒されるべき悪なの」

「うん」

「龍は英雄に倒される。倒されることで初めて大団円がやってくるの。だから、あたしは蛇が怖い」

「龍と蛇が、似ているから？」

「ええ。まるで、なり損ないみたいでしょ？」

そう言われると、子蛇の無機質な瞳が、物語を破滅へと導く虚無を宿しているような気がしてくるので不思議だ。中二病の戯れ言といえばそうだが、案外島の龍神伝説も、そんな恐怖から芽生えたものなのかも知れない。

「怖がるのも大事なのですよー。でも、先を急ぐほうがもっと大事なのですよー」

うだうだしている間に乙姫が、蛇をひょいっとつかみあげ、遠くへと投げ捨てた。

彼女はにこやかだったが、なぜか目だけ笑っていない。

「イチャイチャは歓迎だけどね、真一くん。時と場所は考えてやろうね？　ね？」

「「――っ」」

言われて、ぼくらは慌てて距離を取る。

なにせ、これまでのやりとりはすべて、抱き合ったまま行われていたのだから。

焦るぼくらを、生ぬるい目つきで見守る乙姫。

こいつ、いきなり性悪な感じになりやがって。

「さあ、いい感じの鉱石を目指して、さらなる奥地へレッツゴーだよ！」

この醜態をさらした状況で、彼女に刃向かえるわけもなく。

ぼくらは言われるがまま、促されるがままに「おー」と弱々しく拳を突き上げ、探索を再開したのだった。

§§

その後の冒険は、なんともひどい内容だった。

たまさか樹木に実ったアメジスト色の木の実を、食べられるんじゃないかと乙姫が言い始め、真剣に議論した結果、じゃんけんで決めることに。

三本勝負の結果ぼくはストレート負けし、その実を食べたのだが吐き気を催すようなまずさで七転八倒。ふたりから離れてゲロを吐いていると、またも悲鳴。

慌てて戻れば、地面を埋め尽くす蛇の群れにふたりはパニック。

さすがにその量だと別の意味で気色悪く、ぼくも大慌て。

思いっきり逃げ出したところに、運悪く蜂の巣があって、混乱はどこまでも加速。

蜂の大群に追い回され、乙姫は足が遅いし、ぼくと友はまともに走れないしで大往生必至のところをなんとか逃げ切り。

森の奥へと進んで、進んで。どこまでも進んで——

「うわぁあ……！」

行き着いた果てで、乙姫が歓声を上げた。ぼくらも同じく、感嘆の息をこぼす。

晶化の森の最奥に、それはあった。

拓《ひら》けた梢《こずえ》から降り注ぐ太陽光線を一身に浴びて、花開くように輝く無数の結晶体。

鉱石の大樹。

いや……宝石の木とでもいうべきものが聳《そび》えていたのだ。

「どう？　真一、使えそう？」

「ああ、すごいぞ。肉厚の葉っぱだ。これなら削ってやれば、それだけで鉱石ナイフの刃になる」

「よっしゃ。これで材料の問題は解決ね！」

頷き合い、手分けして葉っぱを集めていく。

ものの数十分で、持ってきたバッグはいっぱいになった。

「……こんなもんだろう。取り過ぎても使い切れないし、そろそろ引き上げようぜ」

「待って真一くん。あっちの奥に、すごくきれいな葉っぱがあってね」

乙姫が指さしたのは、宝石の木から離れたところにある、別の鉱脈樹木《クリスタルツリー》。

葉は、ずいぶんと高い位置についているが、それは日光を集めたような黄金色をしていて、確かに美しい。彼女はその木によじ登ると、なんとか素材を手に入れようと奮闘をはじめる。

「無理しなくていいぞ。量は足りてるし」

「でも、これ、すごくきれいだよ？　想い出になりそうだし、あとすこしで……っ」

ぐっと、彼女が手を伸ばした瞬間。

ギギギ……と、嫌な音がした。

バギリ！

甲高い音を立て、乙姫が登っていた樹木が、根元から折れる。

「あ――」

少女の、なにかを悟ったような顔。

樹木が倒れるほうは、鉱床が掘り起こされた跡地の如く、大きな断層ができていて。

「乙姫ちゃん！」

友が駆け出そうとして、失敗する。

乙姫が、目を閉じた。死を覚悟したように。

また、覚悟を決めたように。

「この、大馬鹿野郎ッ！　諦観《ていかん》してんじゃねぇぞ！」

「――!?」

間一髪、断層へと落下する寸前で、ぼくは乙姫の手をつかむ！　しかし全身に、灼熱のような痛みが走った。たぶん、硬質化した鉱石で肌が切れたのだ。

いや、そんなことはどうでもいい。どうだっていい！

「大丈夫か、乙姫？」

「な、なにやってるの真一くん!?　そんな、傷だらけになって」

あ？　傷は男の勲章だよ。

キズキャラは格好いいし強いしいいことずくめだろうが。

「なにもいいことないよ！　私なら大丈夫だったのに。ここから落ちたって、どうせすぐ生き返って――」

「命を、諦めるな！」

ぼくは、らしくもなく叫んだ。

バカみたいな理屈を、バカみたいな大声で。

「乙姫、おまえは確かに不死身かも知れない。すぐに生き返るのかも知れない」

けど、何度も死ぬことが、平気なわけないだろ。心にとって、よいことな訳がないだろう？

ぼくにはさ、ぜんぜんおまえのことがわかんないけど。

素性も、なに言ってるのかも、どうして世界を背負っちまってるのかも理解が及ばないけどさ！

……それでも、死ぬのに慣れるなんて、絶対おかしいじゃないか。

「生きてみたいって、おまえは言っただろうが。ぼくらと想い出を作って、今度こそ死ぬまで生きてみたいって！」

なにより、聞いたのだ。

死ぬのが怖いという、おまえの叫びを。心の悲鳴を。

ゆえに、ここで腹をくくる。覚悟を決める。おまえをもう二度と殺させやしない。虹色あくまにも、世界の理不尽にだって！

「生きろ！　ぼくたちと一緒に、生きてみたいと言ってくれよ、乙姫……！」

「真一、くん」

諦めていたような少女の顔が、かすかに震える。

少女はほんの一瞬目を伏せて。

「野郎じゃないよ、私、尼だよ！」

そんな減らず口をたたいて、頷いてくれたのだった。

「真一、手伝うわ」

「頼む」

駆けつけてくれた友と一緒に、乙姫を引っ張り上げる。

「せーの！」

「せーで！」

「ん、んー！」

渾身の力を込めて、なんとか……本当になんとか、ぼくらは彼女の救出に成功した。

「二度とこんなことするなよ、馬鹿乙姫」

「うん。うん！」

息も絶え絶えになりながら言い聞かせれば、彼女はなぜだか嬉しそうに何度も頷く。

「乙姫ちゃん、それって」

友が、なにかに気がついて人魚姫を指差す。

「はい、どさくさに紛れて、つい」

彼女の腕の中には、くだんの黄金の鉱石が納められていた。

なんと抜け目ない女だ。ちゃっかりゲットしていたとは。

「ちくしょう。おもしれー女すぎて、ぼくが間抜けみたいだ。あー、疲れた。もう寝る！」

「ちょ、治療が先でしょ？　起きなさいよいまひとつ！」

地面に大の字に転がるぼくと、焦って立たせようとする友。

「あはははは」

そして、それを見て楽しそうに笑う人魚姫。

かくしてその日、またひとつのうろこが形作られた。

空想力学が紡ぐ、きれいな想い出のうろこが――

§§

友の家と、乙姫の借宿である諏訪部駄菓子屋は、島の地理でいうとおおよそ正反対に位置している。

「いい？　あんたは男なんだから、ちゃんと乙姫ちゃんを送っていきなさいよ？」
「わかってるよ」
「でも真一くんって送り狼みたいなところあるじゃない？」
「それねー」

という無遠慮な女子トークを経て、ぼくは乙姫を家まで送ることになった。

店の前まで来ると、夏希先輩がちょうど店じまいの準備をしているところで。

「なんだいまひとつ、送り狼でもしに来たのか？」
「そのネタはもうやりました」
「マジか。ワタシもついに型落ち品か。あ、乙姫ちゃんはまず、手洗いうがいをするんだぞ？」
「はーい」

トレードマークのハッカパイプをピコピコやりながら、糸目を笑みの形にする夏希先輩と、彼女の言葉に従い家の奥へと消える乙姫。

周囲に人影はない。

当然、友があとをつけてきているということも。

ぼくは、思い切って訊ねることにした。

「先輩」

「なんだよ、改まって」

「……忌部のお姉さんって、どんなひとだったんですか？」

突然の問いかけに、彼女は渋面を浮かべた。

それからガリッと、パイプを噛みしめる。吐き出される息に、紫煙は当然混ざっていない。

代わりに含有されていたのは、訝《いぶか》しむような声音。

「なんで、そんなことが聞きたい？」

「……彼女が、この島で人魚のことを調べていたと聞いて」

「太上老君の仕業か。まあ、いいけどな」

先輩は店内に入ると、番台にドカリと腰を下ろす。

「おまえも座れよ。長くなるから」

そして、夏希先輩は語り始めた。

御室戸藍那。

かつて先輩と呼び親しんだ男の――姉の話を。

「一言でいえば、藍那先輩は好奇心旺盛なひとだった」

平坦な言葉。

故人への決着を、既につけていないと出てこない声音。

「気になったことをどこまでも突き詰めて調べ、間違ったことが嫌いで、誰に対しても優しい……出来過ぎなぐらいに出来た人間だった」

「忌部にも、優しくしていたんですか？」

「もちろん。それどころか、彼女は一番に忌部を愛していたよ。血もつながってなかったのにな」

血縁関係にない？

「父親の、再婚相手の連れ子。それが忌部から見た藍那さんだ。けど、あのひとは本当お人好しでさ、おかげであいつが――あの忌部がだぜ？　ずいぶん骨抜きだった。想像つくか？　べったりシスコンのあいつとか」

過去を想い出してか、クスクスと笑う夏希先輩。

「特に料理が上手でな。忌部の弁当も、はじめは藍那さんが作ってた」

「はじめは？」

少なくとも、ぼくの知る御室戸忌部という男は、弁当なんて食べもせず、ジャンクフードやカップ麺、ゼリーで昼食を済ませるような男だったはずだ。

「知らなかったのか、おまえ？」

先輩の細い目が、微かに見開かれる。

「中学の頃、あいつは自分で弁当を作って持ってきてたんだよ。なんでも藍那さんの料理を食べて、自分も作りたくなったみたいでな。実際、悪くない出来映えだった」

よくワタシとおかずを交換してたんだぜ、と、先輩は我がことのように誇る。

「たこさんウインナーとか、ふわっふわの卵焼きとか、美味しかったなぁ」

「…………」

「到底信じられないって顔だな、いまひとつ」

「いえ」

「だが、事実だ。おまえの中のあいつとは、どうしようもないぐらいかけ離れているだろうがな。忌部は藍那さんの料理に憧れて、自分でも同じものを作れるように頑張った。それっていうのも、酢豚を同じ味で作れるようになったら、一人前だって認めてもらえる、とかなんとかでな」

料理をして、その出来映えに一喜一憂するあの男を、ぼくは想像できない。

真っ黒な感情が、それを邪魔してしまうから。

「で、だ。あいつは一生懸命努力した。いまでも信じられんが、あの居丈高な男が、ワタシに料理のアドバイスまで求めてきた。それで、いよいよ料理が仕上がって、藍那さんに食べてもらおうってときに――事件が起きた」

それまで先輩が浮かべていた、楽しそうな表情が嘘のように消え失せる。

ただでさえ細い目つきをさらに険しくして、彼女は続けた。

「藍那さんが、殺されたんだ」

ぼくは知らない。

その話を、彼から聞いたことはない。

「無理もないさ。やけに内密な事件だったんだ。忌部も口を閉ざしていたし、ワタシだって無理矢理聞き出したから知ってるだけだ。物取り目的の強盗だったらしい。けど」

けど？

「藍那さんは包丁で刺し殺されていた。料理の上達した忌部のため、彼女が用意したプレゼントで。最悪なことに、忌部の誕生日にな」

「そんな」

そんなのって。

「ああ、だから……それからだ、忌部が変わったのは。なんでも自分で背負い込むようになって、なにより力を欲しがった。あんなに好きだった食事もろくに取らなくなって、購買でカップ麺ばっかり買うようになってさ。でもな、いまひとつ……あいつは」

遠くを、本当に遠くを見つめながら、先輩が言う。

悲しそうに、けれどそれが、とても大切なことであると隠しきれない表情で。

「……うちのもんじゃ焼きを、美味しそうに食べるやつだったんだよ。なあ、真一。ワタシはおまえを高く買ってる。だから……滅茶苦茶なお願いをするぜ」

夏希先輩は、神妙な表情で、

「あんまり、あいつを憎まないでやってくれ」

ゆっくりと、頭を下げて見せた。

§§

「さて、今度はワタシの質問に答えてくれ」

「なんすか」

「おまえ、なんのために陸上部を選んだ？」

不意打ちのような言葉に、ぼくは固まる。

「言い方が悪かったか？　なら言い直す。なにが理由で、おまえは走り出したんだ？　ちなみに忌部はこう答えた。『俺は生まれついて速く走れたからな』とさ」

「……ぼくは」

「まあ、なんでもいいか」

言葉に詰まっていると、先輩はからりと笑い、ぼくの肩に柔らかく手を置いた。

彼女の手はとても温かく、思ったより小さくて。

「おまえたちは、失敗したと思ってるんだろ？　忌部のことも、友っちのことも」

無言でうなずけば、

「ばかだなぁ、いまひとつは」

彼女は容易いことなのだと、笑い飛ばす。

「学生《おまえたち》の唯一の武器はなんだ？　モラトリアムという名の猶予時間か？　違う、若さだろうが。壊れたモノなんて、また作り直せばいい。ものも、ひととの関係も。なんだってだ」

「でも」

「難しいのは解るよ。けど、何度失敗しても、何度へし折れたっていいんだ。だっておまえたちには、無限の未来がある。やり直せばいい。ゼロから、陸上みたいに——〝いちについて〟ってさ」

「先輩……」

「いつか、忌部のやつともそうしてやってくれ。ワタシは、そのほうがうれしい」

どう答えていいかわからなかった。

先輩が、心底あの男を案じていることが解ったし、ぼくも、そう、ぼくだって叶うなら——

「真一くーん！　ちょっと鉱石ナイフのことで、おはなしがあるのだけどー」

答えを出すより早く、乙姫の声が上階から降ってきた。

「……ああ、すぐに行くよ」

一拍遅れて返事をし、ぼくは逃げるように席を立つ。

先輩に一礼して、二階へと向かう。

すれ違いざま、彼女は言った。

「藍那先輩は、たしかに人魚の研究をしてたよ。八尾比丘尼《やおびくに》……だったか。それから、こうも言ってた。人魚は……龍のなり損ないだって」

「——先輩」

「役に立ったかい、ワタシのかけがえのない後輩？」

「はい。とても！」

微笑む彼女に向かって、ぼくはもう一度、今度は大きく頭を下げる。

店じまいを再開した先輩に見送られ、乙姫のところへ向かうべく階段を上りながら考えた。

情報は着実に集まってる。きっと、打開策はあるはずだ。

乙姫を救う方法は、希望はきっとあるのだと、そう志を新たにしたとき――


「なんだ。まだやってたのかよ、このおんぼろ駄菓子屋」


――忘れるはずもない声が、鼓膜を揺らした。

「噂をすればなんとやら。珍しいな、忌部。なんだ、ワタシのことが恋しくなったのか？」

「ばぁか。俺はそんなに暇じゃないっての」

先輩達のやりとりが聞こえる。

夏希先輩と、あの男の声が。

「……ただ、近くを通りかかったらさ。なんか、無性に食いたくなって」

「食べたい？　ワタシをか？」

「これだから自意識過剰のブスは」

「そう言うなよ。こっちはずっとコンプレックスだったんだ。学校中で、後輩にも先輩にも手をつけまくっといて、おまえ、ワタシだけは抱きに来なかった」

「……ふん」

目眩がする。動悸も。息切れすら。

いる。すぐそこに。あいつが――忌部が！

手が伸びる、ポケットのナイフに。

ぼくは。

ぼくはどうしたら――

「似てたんだよ、おまえ」

「誰に？」

「義姉さんに。ちょっとだけ、ちょっとだけだけどな」

「…………」

「黙るなよ。気色の悪い顔もするな。念を押すが、容姿がじゃないぞ。音楽とかの趣味の話だ」

「ふふ、V系はいいものだからな」

「知らないよ」

カラカラと笑う先輩、ふてくされたように鼻を鳴らす忌部。

「それより、言ったはずだぞ。俺は食べに来たんだ。さっさと作れよ」

「なにを？」

「二度は言わせるなよ？　……夏希の作ったもんじゃ焼きは、嫌いじゃないんだ」

邪気のない、御室戸忌部の言葉。

それを聞いたとき、ナイフを握りしめていたぼくの手から、力が抜けた。

『いつか、忌部のやつともそうしてやってくれ。ワタシは、そのほうがうれしい』

夏希先輩の言葉が、頭の中で何度も何度もリフレインする。

ぼくは。

ただ途方に暮れて。

いつまでも。いつまでも、その場に立ち尽くしていた。

§§

数日後。

ぼくは乙姫の部屋へと機材を持ち込んで、朝から作業に没頭していた。

なんの作業かと言えば、鉱石ナイフの作成だ。

友が持ち込んできた存亡部の活動――夏祭りの出店に、鉱石ナイフを卸すためである。

「ねぇねぇ、ナイフってどうやってつくるの？」

「そうだな、まずは持ち手になるハンドル材を、作りたい形に切り出す」

「切り出す」

これは大雑把でいい。最悪、板状にできればそれでいいのだ。

「これを二枚つくる」

「つくる」

「次に、鉱石の刃を差し込む分、ハンドルの内側を削り」

「削り〜そして〜？」

「磨く」

「ん？」

聞こえなかったのか？

「磨く」

ぼくは紙やすりと耐水ペーパーを取り出し、片方を乙姫に渡す。

そして、ニコイチした持ち手の部分を磨きはじめる。

「……どのくらい磨くの？」

「接合部分がなめらかになって見えなくなるまで」

「マジ？」

「マジマジマジェスティーマシニスト」

というわけで、ひたすら磨く。

乙姫が音を上げ、床に突っ伏し、飽きてロリポップで積み木を始めてもなお磨く。とにかく磨く。

磨いた。

「よし。この磨いたグリップには油を揉み込んでいくんだが……とりあえず後回しにして」

「刃の部分だね！」

ガバッと起き上がった人魚姫に、首肯《しゅこう》を返す。

前回、晶化の森で手に入れた鉱石材。ちょっと触ってみたところ、硬すぎず劈開《へきかい》も悪くなく、加工がしやすそうだということがわかった。

「劈開」

「割れやすさ、みたいなもんかな。磨いてる途中で割れると、全部おじゃんだから」

「うへぇ」

辟易《へきえき》した様子で舌を出す彼女。

だが、こんなところで音を上げているようではまだまだである。

「まず、大雑把に加工したい形を決めて、マジックで印をつける」

「ふむふむ」

「ミニルーターにダイヤモンドカッターをつけて、マジックの印に合わせ切れ目を入れていく」

「電動歯ブラシみたいな見た目してるね、ミニルーター」

「これで歯を磨いたらおまえ、エナメル質はズタボロだぞ……」

どんな歯医者さんだよ。怖えよ。

「ある程度切れ目がついたら」

「ついたら？」

「叩いて折る」

「折る!?」

驚かれるのも無理はない。

だが、鉱物は大体硬い。ハンマーで叩いて折るほうが、余計な手間がなくてよいのだ。

「せーの」

ペキ！　軽い音を立てて、結晶樹の葉は狙ったとおりの形に割れた。

「さーて、大変なのはここからだ」

「なにをするの？　これ以上、なにが大変なの？」

「磨く」

「また研磨作業……」

叩いて折った部分の、余分な残りをダイヤモンドヤスリでひたすら削る。

削って削って削ったら。

「削ったら……次はなに？　属性付与《エンチャント》！　みたいな派手なことする？」

「今度はダイヤモンド砥石で荒削りしていく」

「まだ削るの!?」

「これは序の口だぞ？」

まずは百六十番。雑に形を削っていく。

次に四百、六百、千番と、徐々に目の細かい砥石に変えて、精度を上げる。

色こそくすんでいて、傷も多いものの、形はこれでおおよそ整う。刃らしい鋭さもここで発生。

「お、おお〜。大分それらしくなったね。これで完成？」

「バカを言うな」

「え？」

「ここからさらに磨くんだよ」

「えええええええ!?」

驚愕する乙姫だが、鉱石ナイフ作りを舐めてもらっては困る。

耐水ペーパーの千番から、千五百、二千番とよりきめ細かく磨く。

「そして、このどこのご家庭にもあるダイヤモンドペーストで」

「なんか、カラフルな注射器みたいだね」

「三百二十番から一万番まで磨く」

「……ん？」

「三百二十番から一万番まで磨く」

「んんんん？？？？」

処理能力を超えたようにフリーズする乙姫。

しかし、それもむべなるかな。

なぜならこのダイヤモンドペースト、全部で二十本ぐらいある。

これをまた、ミニルーターのパフ――歯ブラシの毛の部分につけて、ひたすら磨いていくのである。刃先がピカピカに輝き、傷ひとつつかなくなるまで。

「えっと、えっとね、真一くん」

「なんだよ、ぼくは忙しいんだ」

「これ、あとどのくらいで終わるの……？」

「そうだな」

時計の針は、現在正午を示していた。

「……夜には、一段落するんじゃないか？」

「いやだあああああああああああああああああああ！！！」

ぴぇえええと奇妙な鳴き声を上げながら、乙姫が畳に横たわる。

そのまま、手足を振り回してジタバタと暴れ始めた。

子どもか。

「むーり、むーりー！　こんなことずっとやってたら、私の想い出真っ黒になっちゃう！　うろこが真一くんの黒歴史みたいになっちゃうぅぅ!!」

「安心しろ、それも削ってやる」

「やーだー！　無理無理無理無理。青春、青春しようよ！　真一くん、気分転換に行こう。真夏なのに外出もせず、空調の効いた部屋でシコシコ手作業ばっかりやってたら健康に悪いって……！」

相変わらずたとえが最低の人魚姫だ。

とはいえ、たしかにぼくも一息つきたいと思っていた。

……よし。

「ちょっと、散歩にでもいくか？」

「反対の反対！」

ぼくが切り出すなり、跳ね起きて満面の笑みを浮かべる乙姫。

その現金さが愛らしくて、思わず口元が綻ぶのを止められなかった。

§§

息抜きにやってきたのは、少し前に虹色あくまが暴れた場所だった。無残に破壊されたはずの畑には、いまではぼくの背丈ほどもあるひまわりが、無数に咲き誇っている。

「ふーふふふーん」

ご機嫌な様子の乙姫は、ひらりひらりと白いワンピースを翻し、麦わら帽子を胸に抱いて踊っていた。

……こんな時でも、彼女はチョーカーと手袋を手放さない。

もうずいぶんと、うろこが集まった証拠だ。

「見て見て、真一くん」

「なんだよ」

「ひまわり畑に消える感傷的美少女《ヒロイン》」

「バカな、完成していたのか……」

いや、なにが完成していたのかは知らんが。たしかに、そんなイメージあるよな、おまえ。

「きゃっふー！」

「…………」

儚げな容姿とは対照的に浮かれポンチしている乙姫を放置し、ぼくは地べたへと腰を下ろす。

鉱石ナイフ作成の片手間で作ったネックレスを、どうしたものかともてあます。

人魚の涙――乙姫の涙が変化した宝石で作ったネックレスだ。

それを通して、世界を覗く。黒いはずの海は、どこか青味がかって見えて。

「世界、ずいぶんゆがんじゃいましたね」

不意の声。

え？　と顔を上げると、乙姫の姿がない。

「どこ行った……？」

慌てて周囲を見渡すが、背の高いひまわりが邪魔で、彼女を見つけられない。

「おい」

ひまわり畑へと踏み込んで、必死に乙姫を探す。

「乙姫！　どこだ!?　悪ふざけはよせよ」

……彼女は幻だったのではないか？　ふと、そんな考えが、脳裏をよぎる。

澪標乙姫という少女は、ぼくの中二病が見せた、一夏の想い出、泡沫のような白昼夢だったのではないかと。

「バカを言うな」

そんなわけがない。彼女は実在する。乙姫はこの島にいて、笑って、泣いて、ここに生きて！

「乙姫……っ」

「ここだよ」

小さな声が、背後から聞こえる。

振り返ればそこに、華奢な少女の姿があった。

白いワンピースに麦わら帽子。ロリポップをなめる、浮き世離れした美少女。

澪標、乙姫。

「海、きれいだね」

気がつけば、ぼくらはひまわり畑の端まで来ていた。そこからは、緩くうねる海原を一望できる。

「……ああ。きれいだな」

「でも、私は青い海が見たい」

「…………」

「あーあ、死にたくないなぁ」

少女がつぶやく。どうしようもない現実を前にして、けれどたしかな願望を秘めた口ぶりで。

「死にたくないし、生きてみたいけど」

けど、なんだよ。どうしておまえは、そんな寂しそうな顔をするんだよ。

「あのね、真一くん。もし……世界を糾《ただ》すために、私を殺さなきゃいけないってことになったら、ここを狙って」

彼女が、首筋を撫でた。

いつもそこを覆っているチョーカーが、するりと外れる。

現れたのは、なによりも美しい逆さのうろこ。

「逆鱗。これが、ここだけが、私を完全に殺せる、急所だから」

「どうしてそんなこと、教えるんだ」

「うーん……世界を救うために、私が邪魔になるかも知れないから。でも、だいじょうぶ。だって
──真一くんは三度目だから」

大きく息を吸って。

血が出るほど固く握りしめていた手をほどき。

ゆっくりと、震える息を吐き出す。

……叫んだり、怒声をあげたり、取り乱したりはしない。

「大丈夫だよ、乙姫」

そうさ、大丈夫だ。

「ぼくはきっと、おまえを助けてみせる」

世界だって、きっと想い出を集めて元に戻してみせるさ。

だから。

「おまえは、なるだけ生きろ、乙姫」

ポンと、ぼくは帽子の上から、彼女の頭を撫でた。

「……うん。やっぱり、ヒーローは真一くんがいいな。私、改めてそう思った」

満足そうに、少女が微笑んで。

「じゃあ、そろそろ帰ろっか。鉱石ナイフ、作らなきゃ」

「おう、そうだな」

「あとね、私も作ってみたいんだ、ナイフ。ほら、この黄金色の葉っぱで！」

「使っていいのか、それ」

だって、それは苦労して取った想い出の。

「いいんだよ、真一くん。だってさ――『想い出のナイフ』だよ！　なんだか、とっても大切なときに守ってくれそうじゃない。真一くんの御神体ナイフとおんなじだよ。これだって、立派な空想力学だから」

彼女は、ぼくへと黄金を手渡した。

それを強く握りしめ、思う。なんとかしよう。きっと、彼女を助けようと、改めて誓う。

そのためにも――

「いろいろ、はっきりさせなきゃな」

脳裏を過《よぎ》ったのは、幼馴染みの姿。

誤魔化しを清算すべきときが、間近に迫っていた。

第六章　御神体と幼馴染みとプロポーズ

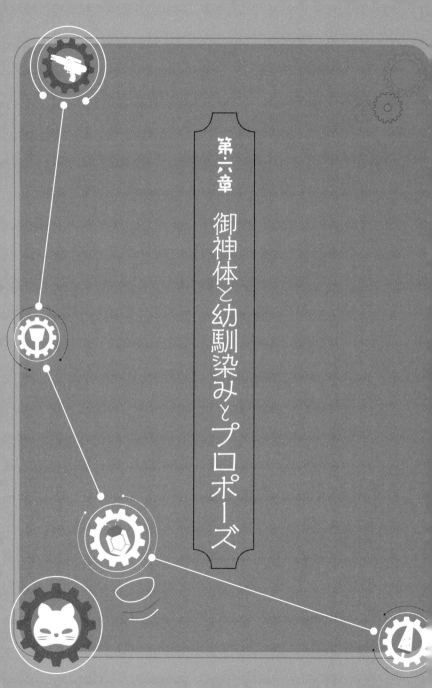

「真一くんの持っている御神体ナイフは、とても強い空想力学で出来ているんだよ。具体的にいうと、願いの結晶のかけら。なかったことにならなかった過去の祈り」

なにひとつ具体的ではない人魚姫の言葉は、それでも貴重な手がかりだった。

お釈迦様がたらした蜘蛛の糸にすら縋りたいぼくは、再び辰ヶ海神社を訪問する。

境内は、数日後に控えた夏祭りの準備で慌ただしく、舞台の設営などが既にはじまっていた。

「あ、ししょーのしゃてー！」

ひどい呼ばれかたに振り返れば、走り寄ってくる蛍ちゃんの姿。隣には、夏希先輩。

「よっす、いまひとつ。今日はなんの用事だ？」

「それはこっちの台詞っすよ。なんで神社に」

童女とじゃれあいつつ質問を返せば、先輩は頭を掻いてみせる。

「あー、ワタシは商店街のあれこれと、友っちのお願いでな。空いてる時間に子どもたちの送迎をやっているんだ。そいで、蛍ちゃんは」

「ほたるはね、〝かぐら〟のれんしゅー！」

なるほど。どうやら子ども神楽の練習に来たらしい。

辰ヶ海神社の夏祭りと言えば神楽である。

がきんちょたちの姿があちこちにあるのも、そう言う理由からだろう。

「蛍ちゃん、ワタシは仕事に行くけど、ひとりで大丈夫かな？」

「うん！　あとでおかーさんがむかえにきてくれるし。しゃてーもいるし」

……ウォーターファイト以来、彼女の中でぼくの格は一段と低く見積もられているらしい。もっとも童女の舎弟とか、美味しさ爆発でむしろご褒美なのだけど。

「じゃーねー！」

手を振る蛍ちゃんに見送られ、夏希先輩は社務所へと消えていく。

で、当の童女はと言えば。

「おい、しゃてー。ししょーを泣かせたら、ほたる、ゆるさないからね！」

などと意味不明なことを仰り、神楽の舞台へと向かっていった。

「うーむ、成長著しい。引っ込み思案だったのが嘘みたいだ」

「それが子どもたちの可能性なのだよ、海士野くん」

「うぉ!?」

唐突に話しかけられたものだから、飛び上がるほど驚いてしまう。

横合いから顔を出したのは、野暮ったいメガネにサマースーツの男性、太上老君だった。

「動転させてしまったかな？　ならば謝罪しよう。じつは、子どもたちに見蕩れていてね」

なんだか不審者のようなことを言い出す先生。教師として若人を見守ってくれるのは嬉しいが、このご時世だし言葉選びは気をつけたほうがいいのでは？

「耳の痛い話だ。なにを隠そう、僕は前途ある少年少女が大好きだから、つい口が過ぎてしまう」

「隠せてねーです」

「そうかい？　しかし、期待を寄せてしまうのは事実だ。きみたちの無謀ささえも愛おしい」

ジッと、慈愛に満ちた眼差しを向けられて、敵わないなぁと頭を掻く。

ぼくの考えていることなど、どうやらお見通しらしい。

「困ったら大人を頼れ。以前、そう言ってくれたっすよね。だったら、一つ教えてください」

「いいとも。なんでも答えよう」

「忌部のお姉さんのことです。そのひとが調べていたっていう、八尾比丘尼について教えてほしいんです」

八尾比丘尼の名前を出したとき、彼は名状しがたい表情を浮かべた。

自然体のようで、けれど力んでいて、疲れ果てたみたいな、困っているような、不思議で、いびつな、なにか果てしなくどうしようもないものへと直面したような顔。

禁句に触れてしまったのかと思うほど長い時間沈黙した先生は、それでも問いに答えてくれる。

「一般的に、人魚の肉を食べ、不老不死になってしまった女性を、八尾比丘尼という」

不老不死？

「そうだ、なにがあっても死ぬことができず、自分の知っている人間は皆――周囲の誰も彼もが先に逝く。そんな呪いがかかった人間を指す言葉が、八尾比丘尼だ。いや、女に限らず、男であってもその感情は同じか」

「…………」

「じつはね、この島には類似した伝承が残されている」

「え？　でも」

先生は人魚伝説なんて、辰ヶ海島にはないって。

「ああ、この島の不死人はね、人魚の肉を食べたのではない。もっと別のものを食ったのさ。即ち――龍のうろこをね」

うろこ。それは空想力学の産物で。

「ある日空から落ちてきた黒いうろこを、好奇心旺盛な島の若者が口にした。するとたちまち肉体は頑健になり、不老不死を手に入れた。若者はその力で世の中をよりよくしようと駆けずり回り、沢山の仲間と難行へと挑んだ。そうだね……男は、君のようなお人好しだったのだろう」

褒められたのだろうか？　わからない。

いまは、目の前の人物のことが、よくわからない。

「集った仲間たちは、けれど次々に寿命をむかえ、彼を残して死んでいった。世界はちっともよくならず、やがて仲間たちの魂が理想という怨念を語りはじめた。理不尽を糾《ただ》せ、正義を為せと。いつしか彼らの思念はいびつに凝り固まり、虹色のバケモノとなって、世界を作り替えようとした」

それは、きっと虹色あくまのことで。

「……だが、世界の再編は失敗した。若者だけが死にそびれ、いつまでも生き続けた。永遠に、永劫に、永久に。あまりにそんな時間が長く続いたから、いつしか男の中では、生きていることも、死んでいることも、どちらでも同じになってしまった――というのが、この島に伝わるお話だ」

彼は微笑む、茶目っ気たっぷりに。

けれどぼくは、気圧されてしまう。ドッと噴き出した汗は、暑さが理由ではない。

見知ったはずの太上先生が、なにか言い知れない存在であるように感じられてならなかったのだ。

「伝説と言えば、この神社には興味深いものが現存しているね。雲切桜だ」

神社の裏手を指差す先生。

そこには、葉もつけていない桜の古木があって。

「龍が神様を説得する伝説には続きがあるんだ。再び世界が乱れたとき、龍はよみがえり、今一度天へと昇るとされている。そのとき、雲切桜が咲き誇ると。桜の正体は、龍を殺した侍が携えていた刀という話もあったかな」

「その侍と……さっきの、不老不死の若者に、なにか関係があるんですか？」

「どうかな。案外、同じ時代を生きた人間かも知れないよ？　龍殺しと、龍の鱗を食べた若者。彼らは龍を、なんだと思っていたのだろうね」

曖昧で、けれど感傷に満ちているようにも思える言葉。生徒の想像力を試しているようにも、答えのない問いかけを放っているようにも受け取れる、授業の延長線上にあるような語り口。

「祭り囃子だね」

ぽつりと、先生が呟いた。子ども神楽の練習がはじまったのだ。

「海士野くん。龍はね、肉体が重いのだよ。それが枷となって、天へと昇れないでいる。うろこを食った若者もまた、それは同じで――」

……言葉の続きは、いつまで待っても出てくることはなかった。

ただ、ぼくにとって理想の大人であるはずの彼が、今日だけは泣き出す寸前の子どもみたいに見えていた。

§§

先生と別れ、本殿へ。

御神体が収められているそこは、立ち入り禁止と言うほどではないけれど、やはり厳粛な雰囲気に包まれている。

そっと中を覗けば――あった。

〝はじまりの夜〟と変わらず、大きな岩が建物の中心にそびえている。

念のために周囲を確認し、内部へと忍び込む。

やはり大きい。くっ付くぐらい近づいて、初めて御神体には奇妙な紋様があることを知った。縄文土器のような――もっとはっきり言えば〝うろこ〟のような模様が、びっしりと表面を覆っているのだ。信心深かっただろう昔の人がこれを見つけたなら、龍の骸だとか、卵だとか言って祭り上げたくなるのも解る。そのぐらい神秘的な巨岩。

観察を続けていると、床との接地面あたりに欠けを見つけた。

ほとんど研磨をしていない荒削りなナイフの刃は、御神体の欠けている部分とピタリと一致。

罪の証、御神体ナイフ。夢も希望も失った、あの日の証明。

「けれど、ぼくは……乙姫を救わなくちゃいけないから」

もう、立ち止まることはしない。ナイフをポケットにしまい、本殿を出る。

さてと、次はどこを調べよう？　とりあえず、雲切桜を拝んで……

「……？」

などと考えていると、歌が聞こえた。歌と言うか、一定のリズムに乗った言葉の群れだ。

音の出所へ向かうと、舞殿があって。

そこで、汀渚友が舞踊を奉納していた。

巫女装束に身を包んだ彼女は、楚々とした所作で神楽を踊り、たえず祝詞を唱えて、ときおり鉾先鈴を「しゃん！」と鳴らす。

どれほどそうしているのか、額には汗がにじんでおり。

メリハリのついた振り付けは言葉を失うほど美しくて、彼女が指先までまっすぐに伸ばすたび、床を踏み鳴らすたびに、キラキラと空間が輝くようで。

ぼくは、ぼうっと幼馴染みに見蕩れていたんだ。

だから——バチリ！　首筋に衝撃を受けるまで、その人物が近づくことに気がつけなかった。

重い打撃、はぜる音。

そそり立つ地面に頬がぶつかる。

麻痺。混乱。これは、まさか。

「おまえのことはさ、前からいけ好かなかったんだよねぇ。羽虫みたいでウザくてさ。だから、ほら——いっぺん、思いっきり叩き潰してみたかったわけ」

腹ばいに倒れ伏したぼくの耳元で、ねっとりと絡みつくような声が響く。それははっきりと侮蔑を帯びていて、心底ぼくのことをバカにしきっていないと出てこないような、そう言う声音だった。

「忌、部」

僅かに自由の残る眼球を動かせば、かすむ視界が、かつて先輩と呼んだ男のにやけた面を捉える。ぼくの背中に腰を下ろし、まるで旧来の友人に話しかけるようにして、男は告げた。

「なあ、海士野。俺さぁ、これから汀渚にプロポーズしてこようと思うんだよ」

なんだと？

「知ってるぜ、おまえ、汀渚に惚れてるんだろ？　そして汀渚もおまえに惚れてる。これは間違いない」

「……っ」

「照れるなよ。だからさ、俺は考えたんだ。『名前を呼んだのに、何度も呼んだのに、どうして助けに来てくれなかったの？』って、あいつに叫ばせたら、おまえ、どんな顔をするのかってな。ああ、想像するだけで最高じゃないか、おまえもそう思うだろ、海士野ぉ……？」

ふざけるな。そんなこと、許せるわけないだろっ。

「許さなかったらなんだよ？　おまえに出来ることはさ、そこで見ていることだけだ。俺の願いが成就する瞬間を、絶望しながらな」

「絶望なんて……しない……ぼくは……希望……」

「なにが希望だよ馬鹿馬鹿しい。おまえたちにお似合いなのは絶望さ！　俺だけだよ。俺と——義姉さんだけが希望を得るんだ。それを、黙って見物していろ正義の味方！」

ガツンと、再度首筋へ落とされた衝撃で、完全に身体が自由を失う。

髪をつかんで持ち上げられ、脱力した首が前を向く。

視界に写るのは……友。

彼女は、この事態に気がついていない。ただ頑張って、踊りの練習を続けている。

「じゃあ、行ってくるわ。精々、無力さを噛みしめてくれよな」

忌部が歩き出す。ぼくの大切な、幼馴染みへと向かって。

「よぉ、汀渚。精が出てるじゃないか」

後ろ手にスタンバトンを隠し、忌部は友に話しかけた。

神楽を中断した友が、おびえたように後じさる。

「先輩……なんで、ここに」

「なんでもなにも、俺はおまえの婚約者だろ。理由がなきゃ、会いに来ちゃいけないのかよ？ ふーん。巫女装束、似合ってるじゃん。でも、角隠しのほうが、もっと似合うんじゃないかな、おまえって」

「……っ」

友の顔が、真っ赤に染まる。

羞恥か、怒りか、ここからではわからない。けれどそれは、すぐに蒼白な色へ変じた。

忌部が、スタンバトンを取り出したからだ。

「懐かしいだろ、あの夜と同じやつだぜ。やっぱり海土野が気に入りそうだと思うか？　なぁ？」

「忌部先輩！」

友、逃げてくれ。そんなことで憤る必要なんてないんだ。だから、どうか逃げ延びて——

「そう怒るなよ。今日は大事な話をしに来たんだ」

「……いまさら、なんの話ですか」

「おまえの力について」

御室戸忌部が、ニヤリと笑って告げる。

「そう——〝龍の太占《ふとまに》〟についてだよ！」

§§

知らない言葉にぼくは戸惑う。

けれど忌部はお構いなしに——友の顔色が真っ青になっても関係なしに、話を続ける。

「龍の太占《ふとまに》。占いによってこの世のアウトラインを覗き見して、都合がいい〝結末〟だけを選択する力。そうだよな、汀渚？」

「知りません」

「そう突っ張るなって。確かに信じられない力さ。量子力学なんかより、よっぽど運命論じみた理屈だもんな。オカルトの世界じゃ、空想力学って呼ぶんだったっけ？」

友が、空想力学を使える？

忌部はいま、そう言ったのか？

「世界ってのは積み重ねさ。誰かが思い、感じて心を動かされ成し遂げる。この連綿とした流れ。感情と記憶、失敗と成功、記録と因果の蓄積から、もしも恣意的に〝結果〟を誘導できるなら、それは神様にも等しい万能だ。善因善果、悪因悪果だっけ？　まったく、えげつない能力だよな」

熱を帯びる忌部の言葉は狂信的で。

物理的な圧力さえ伴っており。

「辰ヶ海神社の巫女には、そう言った力を持った人間が、度々生まれてくる。ちゃんと調べたんだ。大学にまで行ったのだって、そのためだぜ？　世界を大きな螺旋に見立て、無数に枝分かれする未来、次のループへの分岐点を観測、繰り返しの中で人の運命を占い、選択肢としてみる。最終的には未来を自由に、己が望むとおりに固定できる異常者。それが、おまえだろ？」

友は答えない。ただ、震えている。

そんな男の戯言に、付き合う義理なんてないのになぜ逃げない？

それとも本当に、友、おまえは。

「話には聞いてたよ。汀渚友は、幼い頃からなんでもできる優秀な女で？　勘が鋭く？　何事も少しの練習でできるようになる？　そんなやつだったそうじゃないか」

「――――」

「それってさぁ！　未来を選び取っていたからじゃねぇの？　おまえが都合のいいように世界を変

えていたから、なにもかもがうまくいっていたってことじゃあないのかよ。なあ、なんとか言ったらどうだ、このバケモノがよ！」

「――っ」

彼女は否定しなかった。

ただ、奥歯をきつく、いまにも折れそうなほど強くかみしめて。震えながら、耐え続ける。

すべてが事実であるかのように。

乙女の勘だから――それは友の口癖だ。

忌部の言ってることはめちゃくちゃだけど、もしも、万が一、その一言一句が正しいのなら、頷けることは無数にあって。

「俺はさ、その力が欲しいだけなんだよね。一番手っ取り早いのは、おまえに自分から使ってもらうことなんだけど、どうも無理そうじゃん？　だから俺のモノにして、道具にしてやって、じっくり調教してやろうかと考えたんだけど――それは二年前に失敗した。理由、汀渚にはわかるよな？」

彼女が首を横に振っても。

男は意にも介さず、断定的に告げる。

「あの頃のおまえは、力が未熟だったからさ。だから、望んでもいないのに未来を決めてしまった。中途半端に、俺という障害すら排除できずに。でも、いまは違うだろ？　俺に狙われて、危機感を覚えて、たくさん練習をしたんじゃないか？　だから、できる。できるはずだ。義姉さんを――」

男が。

御室戸忌部が。

ついに、己の願望を口にする。

「俺の死んだ義姉《あね》を、藍那ねえさんを、生き返らせることが！」

「で――できない！」

切々とした叫びだった。

それまで耐え忍ぶだけだった幼馴染みが、血相を変えて否定する。

「それはできないんです、先輩。死んだひとは、どうやったって生き返らない！」

「だけどおまえには太占《ふとまに》がある！　藍那ねえさんが生きているという未来を見いだせば、死んだという過去が書き換わる！」

「違うんです」

彼女は、力なくかぶりを振る。

「過去は、未来の嘘では欺けない。一度枝分かれした世界には、どうしたって戻れない。発生してしまった結果を選び直すことなんてできないし、この手からすり抜けてしまったものには、二度と届かない。それが、あたしの力の限界なんです」

「嘘をつくなよ」

「嘘じゃありません。もしそんなことができるなら、あたしは！　あたしはとっくに……真一へ、謝ることができたはずだから……！」

「ふざけるな!!」

怒声とともに、スタンバトンに紫電が走った。

友が、身を縮こまらせて、ぎゅっと目をつぶる。

「哀れんでたよな、おまえ？　俺に怯えてたんじゃない、おまえは俺を哀れんでたんだ。そうだろう？　違わないよなぁ、汀渚ぁ？　だったら祈ってくれよ。俺のために、過去を変えてくれよ」

「だから、できないんです先ぱ――」

「祈れ！」

悪鬼のごとき形相になった忌部が、絶叫とともにスタンバトンを振りかぶって。

「――助けて、真一」

幼馴染みの小さな、けれど切実な叫び。

「くそっ、たれ……！」

動け！　動けよ、ぼくの身体！　いつまで寝転んでるつもりだ？　友がピンチなんだよ。おまえがヒーローじゃないことは知ってるさ、嫌ってほど思い知ってる！

けど、いまだけは動いてくれ。

ぼくは、もう――

好きなひとが傷つけられるところなんて、二度と見たくないんだ……!!

「あああああああああああああああああああああああ!!！」

雄叫びを上げ、奮起し、ぼくは立ち上がる。

だけれど忌部は、こちらを見向きもしない。友すら、ぼくを見てはいなかった。

なぜなら――

空間に衝撃。ノイズが発生。軋みをあげて、砕け散る世界。

すべてがモノクロームに包まれる。

『MURAUUUUUUUUUU！！！！』

――虹色あくまが、姿を現したから。

§§

「ま――」

へなへなと、忌部がその場で腰を抜かして座り込む。

巨大な、全長三十メートルはありそうな結晶体が、こちらを睥睨していた。

……いったい、どこから現れた？　いつものように海からではない。まるで、虚空からわいて出たかのように、突如として出現したのだ。

いや、それ以前に、

「またこいつかよぉおおおおおおおおおお！」

忌部が、恐怖に絶叫する。

彼は腰が抜けたまま這いずって、ひどく不格好に逃げ出そうとした。

強烈な既視感。

〝はじまりの夜〟に、本殿で見たのと同じ逃げかた。

いや、いまはこんなことを考えている場合ではない。重要だったのは、彼が動いたこと。

この、停止した時間のなかで、忌部が逃げ出せたことだ。

だったら、友は――

『MUUUURAAAAAAAAAAAAAAAUUUU!!』

咆哮する虹色あくまを、空を、友は愕然と見上げていて。

やっぱりだ。彼女にも、虹色あくまが見えている。

これは、絶体絶命の危機と言えた。この場に、命を賭して世界を修繕する人魚姫はいない。

虹色あくまを捨て置けば、忌部と友、否――境内の子どもたちにまで被害が拡大してしまう!

泡立つ結晶体が、身動きのとれないぼくの幼馴染みへと、腕を振りかぶる。

「友ッ！」

激発する意志が、肉体の限界を凌駕。

立ち上がるので精一杯だったはずの身体は、緩慢に、しかし着実に動く。

利き足が一歩を踏み出し、右手はポケットからなけなしの勇気を引きずり出す。

鉱石ナイフ。

どうして、そうしようと思ったのかは覚えていない。

だけど、こうすることが正しいと、直感が告げていた。

「……そっか。どうあってもあんたは……ヒーローなわけか」

ようやくぼくを認識した幼馴染みが、ぽつりとこぼす。

諦めと、悲しみが等分に配合された言葉。

結晶体の巨腕が、いま振り下ろされる。

「間に、合え……っ！」

虹色あくまが、友を押しつぶすまでにかかるだろう僅かな時間。

そこで、全てが起きた。

握り込んだ鉱石ナイフが、閃光《せんこう》を放つ。

それに応じるが如く、友の身体が燐光を帯び。

本殿の屋根を貫通し、突如として巨大な光の柱が天へと屹立。

光柱は鉱石ナイフと、友の身体に宿る光と同種の輝きを放ちながら明滅、振幅。共振を繰り返し。

そして、爆発。

膨れ上がった光は、なにもかもを塗りつぶして――

脳震盪のあとのような茫洋とした感覚が長く残った。

かなりの時間が経って、ようやく我を取り戻したとき、もうそこに虹色あくまは存在しなくて。

「ひ、ひぃいいいい……！」

悲鳴を上げて、逃げ出していく忌部。

その後ろ姿を見送り、幼馴染みが、こちらへと振り返る。

「あのね、真一」

あれだけのことがあったのに、動じた様子もない彼女は。

ひどく儚げな表情で、ぼくへと告解した。

「ごめん。あたし……あんたのことこれまでずっと、呪《のろ》ってた」

§§

「世界が、英雄を望んでいるとしたら、どうする？」

ぼくの部屋を訪ねてきた幼馴染みは、開口一番そんな問いかけを放った。

あれから——なにを言えばいいのかも解らなかったぼくらは、一度解散。

家に帰り、ベッドへ突っ伏して、どうすればよかったのかとのたうち回り、日が暮れきった頃……

彼女が、我が家にやってきた。

汀渚友。大切な幼馴染み。この二年間、一度たりとも我が家へ寄りつくことがなかった彼女は、挨拶もそこそこにぼくの部屋と上がり込むと、先ほどの言葉を口にしたのだ。

世界が、英雄を望むならどうするかと。

「意味がわからん」

「そうね、いまひとつはどちらかというと頭が悪いほうだし」

「失敬な。高次元的な認知の上に成り立っている世界を、平時のぼくでは言語化できないだけだ」

「あんたって、ほんと中二病」

くすくすと彼女は笑い――それだけでぼくは嬉しかったのに――表情を、真剣なものへと改める。

「あのナイフ、見せて」

言われるがまま、ナイフを手渡す。

海士野真一の罪科が証。御神体の欠片から作られた、鉱石ナイフを。

「まさか、これが〝そう〟だったなんてね……」

しげしげとナイフを見回し、友は感慨深げに呟く。

それから、右足をこちらへと突き出した。

ハーフパンツから覗くカモシカのように伸びやかな足だ。

「……匂いを嗅げと？」

「中二病の上に変態とは恐れ入ったわ」

「丁寧に舐め上げろと言われれば、ぼくとしてはやぶさかではないが？」

「傷を見なさいよ！　普通に！」

直視できないからとぼけているのだと、彼女にはたぶん伝わっていた。

だから、友の足は微かに震えていたのだ。

……痛々しい、傷痕である。

汀渚友の右足に刻まれた傷は、生涯残り続けると診断されていた。

それは、ぼくがつけたモノで。ナイフと同じように、ぼくの咎《とが》で。

「おまえの未来を、ぼくは奪った。希望を、夢を、生きる意味を消してしまった。ごめん、ごめんな、友。どれだけ謝ったって足りないだろうけど。それでも……ごめん」

「勘違いしないで。あんたは、なにも奪ってなんかない」

「けど」

「ここに、あったもん」

なにが？

「あたしの、かけら」

……今日の彼女は、普段以上に理解が難しい。

もともと理論を一足飛びに展開する、賢い頭の持ち主だが、それにしたってこれはわからない。

だが、考える。必死に悩む。彼女が、真剣に言葉を選んでくれていると、伝わったから。

御神体、鉱石ナイフ、友の怪我、ぼくの罪、龍の太占《ふとまに》、呪い。

ぐるぐると頭の中を廻るいくつもの事柄。

それが、ほんの一瞬、なにかの形を取る。違和感を、言葉として出力する。

「友、おまえは……〝虹色あくま〟を、覚えているか？」

「？」

「つまり、あれが元々この世に実在したものじゃないって、わかってたりするか？」

「なに言ってんのよ、あんた」

……そうか。そりゃあ、そうだよな。

やっぱり、この世界が変わったことを理解しているのは、ぼくと乙姫だけで——

「ずっと前にも、あのバケモノには出遭ってるじゃない、あたしたち」

なんだって？

「忌部先輩の話、あんたも聞いてたでしょう？」

「無理して話さなくていいぞ。大事なことではあるけど……それ以上に、ぼくはおまえが心配だ」

「いいから。そのナイフがあんたの罪だっていうなら、これから話すことは、あたしの罪なの。いい、真一？　あたしは」

ぼくの幼馴染みは。

「――あんたの未来を、奪ったのよ」

じつに意味不明なことを、口にした。

それは、おかしい。事実に即していない。

もし仮に、ぼくが走ることをやめたのを指して未来を奪ったなどといっているなら、本末転倒もいいところだ。

被害者が加害者に恋をする。ストックホルム症候群も真っ青な、理論の倒錯でしかない。

「いいえ、あたしは奪ったの。龍の太占《ふとまに》で、真一の今日を」

「おまえまで中二病か？　やめろよ、キャラかぶりは個性が死ぬんだぞ？」

「ちゃんと聞いて。忌部先輩にも説明したけど、この力は万能じゃない。過去を変えることはできないし、死者を甦らせることも出来ない」

だったら、なにが出来るんだよ。

「未来を占い選ぶこと。いくつもの分岐点から、自分に都合がいい〝結末〟を選択する力。それが、龍の太占《ふとまに》」

「選択肢ってなんだよ。確かに人生は選択の連続だとか言うけどさ、それはほとんど見えないもんだろ」

「あたしには、その見えないものが――〝神秘〟が見える。だって、世界は同じことを繰り返している。ずっと昔から今日まで、人間の物語は相似形なの。ぐるぐると渦を巻きながら、近しい場所を巡りながら、ほんの少しだけ前へと進む。それが、世界の在り方だから」

ゆえに、手の届く範囲で別の選択を引っ張ってくれれば、未来は変えられるのだと彼女は言う。

鼻で笑った。ちゃんちゃらおかしい。

いや、乙姫のようなイレギュラーが存在するのだ。ないと断言することは出来ない。

けれど、そんなものがあったとして。

「おまえが未来を選んだって証明は、どうやるんだよ？」

「それは……」

「宝くじか競馬でも当ててみるか？　けど、それは未来を垣間見たことの証明であって、変更したことの証明じゃない。はじめから決まっている未来を知る力？　確かにすごいとは思うぜ。けどな、生きていく上でそんなもの、あってもなくても、どちらでも同じことで――」

「同じなんかじゃない！」

叫んだ。友が。今にも泣き出しそうな顔で。

彼女は、悲痛に続ける。

「あたしは選んだ！　たしかに未来を決めた！　その未来は、あんたが」

ぼくが。

「海士野真一が、ヒーローでいられない未来！　かわりに、あたしのそばにあんたが……いつまでもいてくれる選択肢で……」

キュッと、彼女は唇を噛む。そのまま、俯いて押し黙る。

なんとも気まずい沈黙。

とにかく宥めようと、彼女へ手を伸ばし、逆に強く掴まれる。

火傷しそうなぐらい熱い友の手が、ぼくの手のひらへ押し当てられ、強く指を絡ませて。

「世界が、英雄を望んでいるとしたら、どうする？」

彼女は繰り返す、最初と同じ問いかけを。

「あんたは、けっして生まれながらのヒーローなんかじゃない。物語の都合で理由もなく自己犠牲をする役柄なんかじゃ決してない。なら、どうして真一は、ヒーローであることを選んだの？」

「選んだことなんてないよ。足が速いって理由で、一瞬だけ祭り上げられただけさ」

あるいは、若さ故の全能感に支配されて、失敗しただけ。

「それでもあんたはヒーローだった。たくさんのひとが、あんたに感謝してる。いまだって、あたしや乙姫ちゃんを救おうと必死じゃない。それを、否定できる？」

「…………」

「ねえ、世界が……理不尽な運命が、英雄を望んでいるとしたら、どうする？」

くどいぐらいに繰り返される問いかけ。ぼくの不出来な頭では、意図を読み取れない。

それでも、答えは決まっていた。

「ぼくは」

「言わないで」

「ぼくは、ヒーローに――っ!?」

「――」

強く情熱的な口づけが、ぼくの口を塞いだ。

柔らかさや、恋人同士の浮ついた甘さとは縁遠い、悲しくなるほど切実な、ただ言葉を封じるための口づけ。

ゆっくりと、視界を埋め尽くしていた幼馴染みの顔が離れていく。

彼女は、震える指先で自分の唇を撫でて。

それから、ぼくの頬に手を当てる。

「お願い、答えないで。聞いたらたぶん、あたしはあんたを嫌いになっちゃう」

「…………」

「あたしは、あんたがつかみ取るはずだった未来を奪った。これは、乙姫ちゃんと関係がある事よ。あの子は、あたしの秘密なんて全部知ってるんだもん」

乙姫なら、確かに秘密を知っていても黙ってるだろう。

だって、あいつはいいやつだから。

「そう、そんないいやつを、あたしは裏切ってる。でも、これは正しいことだと、今でも断言できるわ。身勝手で、イヤな女だとは自分でも思うけど……お願い、これだけは信じて真一。あんたは」

海士野真一は。

「いつだって、あたしを助けてくれた。間に合わなかったことなんて、一度としてない」

故に。

「乙姫ちゃんのことも、助けてあげて。英雄になんて、ならないで」

それが、最後だった。

彼女はそう告げるなり、部屋を飛び出していったから。

あとにはひとり、ぼくが残されて。

「……たしかにこれは、童貞と言われても否定できんな」

嵐に出くわしたような、どうしようもない心持ちで、ぼくはベッドへと倒れこみ。

未だ熱の残る唇を、複雑な心境で撫でるのだった。

幕間　夏祭り前夜

「ほたる、ししょーのまえにかぐらを踊るんですよ！」

お姫様のような髪型をした夕凪蛍は、神社の境内で両手を挙げてはしゃいでいた。

夏祭りを翌日に控えて、彼女の興奮は否が応でも高まっていたからだ。

「よかったじゃないか。当日はワタシも、特等席で拝ませてもらうとするかな」

蛍の迎えにやってきた諏訪部夏希は、微笑ましさに頬を緩める。

天真爛漫な童女を見て、いつか自分も子を為すのだろうかと奇妙な感慨を抱いたりもした。

というのも、島を離れていた古馴染みの同窓生――御室戸忌部から、彼女は昨日、デートに誘われていたからだ。

悲惨な過去を持ち、義理の姉が殺された事件といまだに決着をつけられないでいる忌部だが、

『今度の夏祭り、俺に付き合ってくれよ。いき遅れのおまえだ、どうせ相手なんかいないだろ？』

などと軽口を叩ける程度には、吹っ切れはじめているらしい。

「まあ、キープだろうがな。忌部は色男だし、婚約前提とはいかないか」

「こんやくって、なに？　こんにゃくゼリーのこと？」

「蛍ちゃんが、友っちと仲良くする約束みたいなものさ」

「じゃあ、いいものだね！」

無邪気に笑う蛍を見て、夏希は細い目をさらに細める。

「しかし」

子ども神楽の練習というのは、ずいぶん遅くまでやるものらしい。

すでに日は暮れており、境内に人気はない。

ただ、明日の祭りに備えて出店や出し物の骨組みが、準備されているだけ。

「……ん？」

そんな、黄昏時の神社で、夏希は奇妙なものを見かけた。

影法師。

いつのまにか町中でも見かけるようになった、真っ黒な影。

それが、やけにたくさん、境内をうろついている。

「人気はないが、影はあるとはこれいかに」

「おねーちゃん」

「……ああ、はやく、帰ろうか」

不吉なものを感じ取ったのか、蛍が強く手を握ってくる。

夏希も握り返して、足早に神社から立ち去ろうとした。

そのときだ。

「あれ？」

蛍が首をかしげる。童女の視線をたどって、夏希も声を漏らした。

影法師のなかに、ひとが混じっていたのだ。

やぼったい黒ぶちのメガネと、サマースーツを隙間無く着こなした男性。

太上老。

高校に通うものたちからは、親しみを込めて太上老君と呼ばれる若々しい見た目をした男性教諭が、影法師たちの真ん中に立っている。

彼は、自らの胸元あたりをゆっくりと撫で、それから撫でた手を、影へと伸ばす。

触れられた影は水面のようにたわみ、波紋を生じさせながらにゅるりと腕を受け入れた。

すると老は手を引き抜き、また同じことを繰り返す。

次第に影法師は虹色へと色を変え、ゆらゆらと揺れながら出店や神楽殿のほうへ向かっていき、そこで姿を消す。

ひどく、奇妙な光景だった。

「……おねえちゃん」

声を潜めて、蛍が夏希を呼ぶ。

ハッと我に返り、夏希は蛍の手を引いた。

この場にいてはいけない。直感が、そう告げていた。

身を翻そうとしたとき、

「おやおや。まさか姿を見られてしまうとはね」

いつの間にか、太上老が眼前に立っていた。

あり得ないと背後を振り返るが、そこに彼の姿は当然のようにない。

この距離を一瞬で移動した？

汀渚友にだって、そんな真似はできっこないのに？

「よほど空想力学の影響力が強まっているのか、世界のいびつさに気がつくものが増えたものだ。御室戸くんと汀渚くんは例外であるし、海士野くんは澪標くんに選ばれた……もっとも、そんなものはどちらでも同じことだか。なにせ、ここまでは十分シナリオ通りだからね。しかし」

ぐっと、男は二人へと顔を寄せる。

「……僕のことが見えてしまったのなら仕方がない。君たちにはしかるべき処置をとろう」

人好きのする笑顔。

いかにも善人であるという顔つき。

正気の人間であるという自負がみなぎる表情。

けれど、夏希は気がついた。

男のメガネの奥にある瞳が、ドス黒く濁りきっていることに。

「逃げるんだ蛍ちゃん！」

とっさに童女を突き飛ばし、老へと殴りかかった。

けれど……それは徒労に終わる。

「お、おねえちゃん!?」

「——うそ、だろう？」

夏希の拳は、殴りつけた勢いのまま老の胸板を貫通。

同時に、意識が暗黒へと飲み込まれる。

ドサリと倒れる夏希。その拍子に、彼女のメガネが外れ、石畳へと転がった。

「おねえちゃん！　しっかりして！」

駆け寄った蛍が揺すっても呼びかけても、夏希は答えることがない。

「……ああ、想い出したぞ。諏訪部くん、諏訪部夏希くん。君は徹底的に排除しておかないと、未来で御室戸くんが立ち直ってしまうのだったな。よかった、ここでなんとかできて。あとは――」

「ひっ」

引きつった声を上げる童女。

夏希のメガネをグシャリと踏み砕き、真っ黒な眼をした老が、蛍を凝視する。

「夕凪くん。きみは実に可能性に満ちていて好ましい――が、それはそれとして、とても邪魔だ」

男が、にっこりと笑った。

「ゆえに……しばらく眠っていてもらうとしよう。安心したまえ。次に目覚めたとき、君は救われた世界を見るはずだから」

絶望する童女へと、太上老の魔手が伸び――

第七章　龍と英雄の物語

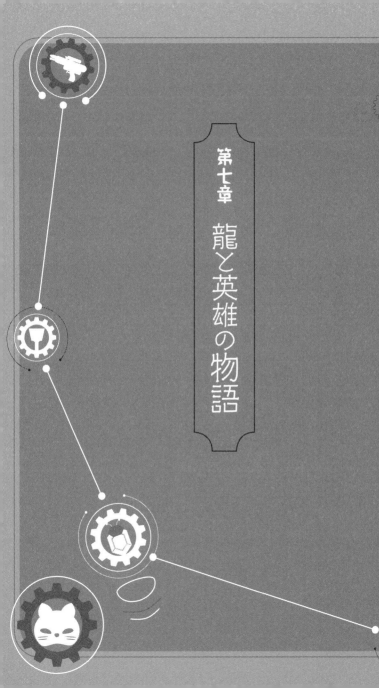

「きらきらばしゅーん！　どーですかこれー！」

くるりと一回転、乙姫が自分の姿をポーズ付きで見せつけてくる。彼女が身に纏うのは、薄青色の浴衣。手袋は肘まであるものへ変更され、チョーカーだけがいつも通り。

なんでそんなけったいな格好をしているのかと言えば、

「想い出も、あとひとつってところまできたですからね」

……ということである。

夏休みの半分ほども費やした人類存亡部の活動は、めでたく乙姫にたくさんのうろこを与えた。

顔はともかく、首から下はうろこがびっしりといった有様で、いくら常識が改変されているとはいえ、おおっぴらに見せるのはなんとも憚《はばか》られる。

それでも乙姫が浴衣を着たいと言ったから、このような格好になったわけだ。

ちなみにぼくは普段着と変わらない。

違いがあるとすれば、人魚の涙で作ったネックレスを提《さ》げていることぐらいか。

「しかし、いよいよ最後の想い出か」

なんか、感慨深いものがあるよな。

「で、真一くん、感想は？」

「浴衣のか」

「自分で着付けたのですよ、私ちょー偉くなーい？」

「うんうん、えらいえらい」

そうして、たしかに似合ってもいる。

楚々とした模様の浴衣は、不思議印の彼女とミスマッチするのでは？　なんて危惧もありはしたが杞憂だった。むしろ今の乙姫は、おしとやかに見えるという和服マジック。

結い上げた髪と、わずかに覗く首筋。そろりとたれる後れ毛が、なんとも青少年の教育に悪い。

「普段とのギャップで、これだけ破壊力って増すんだな」

「よ、リビドー溢れる青少年！　ムラムラしたなら、その辺の木陰に行ってきてもよいのですよ？」

「おまえってばほんとバカ」

どうして最後まで、こう最低なのだろうか。

こいつにデリカシー云々言われ続けたのだと思うと、いまさらながら腹が立ってくる。

「それで、夏希さんはどうしたんだよ？　先に神社に行ったのか？」

「えっと……じつは、昨日の夜から帰ってなくて」

……ん。

夏希さんもいい大人だ、外泊のひとつやふたつくらいするだろう。むしろ聞くのは野暮である。

「でも、ことわりも無しってのはらしくないな」

「私もちょっと気になってるの」

ふたりして首をかしげてみるが、特別な理由は思いつかない。

「存亡部五箇条。ひとつ、悩んだらまず行動だよ。真一くん」

「そうだな」

結局、ぼくらは神社へと向かうことにした。あとで合流すればいいだろうと考えたのだ。

「なあ、乙姫」

「なぁに」

神社へと続く海岸沿いの道を歩きながら、ぼくは、何気なくを装って乙姫に問いかける。

「想い出を全部集めたら、おまえどうなるんだ」

「天に昇れる。天に昇れば、すべてを正しい形にできる。私はやっと、世界を元の形に戻して、死ぬことができる」

「怖くないのか」

彼女は真っ暗な海を見つめて、それからうんと頷いて見せた。

「怖くないよ。もう、怖くなんてない。だって……私は精一杯生きたもの」

「そっか」

「そうそう」

儚げに微笑む人魚姫は、どこか満足そうで。

「だとしても」

ぼくは……ぼくだけは、最後まで彼女が助かるように、考え続けよう。

声に出すこともなく、そう誓った。

§§

「わぁ……！　すごいすごい、お祭りだねぇ！」

楽しそうに、ぴょんぴょんと跳びはねる少女。

祭り囃子が響く境内は、すでに多くの人でいっぱいだった。

まだまだ祭りが始まるまで一時間近くあるというのに、この島の人たちは、本当に楽しいことが好きで仕方がないのだ。

それがわかっているからだろう。

出店の店主たちも、早々に焼きそば、金魚すくい、くじに射的と、準備を始めている。

「これは、出遅れたか？」

「あんたが遅れたことなんてないわよ。みんなの気が早いだけ」

出迎えてくれたのは、巫女服を纏った幼馴染み。

その格好も見慣れたはずだったが、今日ばかりは勝手が違う。

曰く、夏祭りというシチュエーションは、少女を美しく輝かせるという。

まな板だとか、平たい胸族だとか、山猿ヒロインだとか散々なことを言ってきたはずの双丘は、年齢相応の膨らみを見せ。

白衣《びゃくえ》から覗く手首や首筋の褐色が、なんだかやけに色っぽい。

数日前の熱が、不意打ちでよみがえり、ぼくは思わず唇を押さえた。

心なし友も頬を上気させ微妙な表情をしている気がして、互いに視線を合わせづらいったらない。

「にゃるほど、にゃるほど、うふふ……」

もじもじしているぼくらの横で、乙姫が滅茶苦茶楽しそうに下世話な笑みを浮かべている。

こいつ、なんもかんも見透かしたような顔しやがって、マジで腹が立つな。

「ごほん！　それで真一、ちゃんと完成したんでしょうね？」

「当たり前だ。ぼくは時間と約束を破ったことはない。納期も同じくだ」

無理矢理に話を戻してくれた友へ感謝しつつ、背負ってきた荷物を下ろす。

ずっしりとした布包み。それをほどけば、きらめきがあふれた。

「……きれい」

「ほんと、すごくきれいだよ！」

晶化の森で手に入れた素材を成形、研磨して作った鉱石ナイフが、計十六本。翡翠《ひすい》の色や、アメジストの色。ルビー、サファイヤ、瑪瑙《めのう》石に孔雀《くじゃく》石。よりどりみどりの色とりどり。

もちろん本物の宝石ではないが、学生が作ったにしては十分に美しい制作物。

「これを売るんだな」

「そう、委託販売みたいになるけどね」

「……売れるだろうか」

正直、ぼくはこれまで、自分のために趣味としてしかこういうものを作ってこなかった。

ただかっこいいからという理由。そして、はじまりの罪と向き合うために。昔の武士が、贖罪《しょくざい》のため木彫りの仏像を作ったのと同じ動機だ。そんなものに、価値などあるのだろうか？

「売れるわよ」

けれど、友は太鼓判を押す。

「モチのロンだよ、真一くん」

乙姫が、背中を押す。

「「だって」」

彼女たちは声をそろえて、言ってくれた。

「これは真一が」

「一生懸命、誰かのために作ったものだから」

……ああ、そうか。それだけのことだったのか。

いまになって、ようやくわかった。ぼくはただ、独りよがりだったのだ。

独力でなんでも解決できるつもりになって、誰にもなにも打ち明けられず、バカみたいに空回りしてきた大馬鹿者。無鉄砲なだけで、無敵の意味を勘違いした粗忽者《そこつもの》。

はじめから、こうしておけばよかったんだ。

誰かと手を取り合って、同じ方向を見ながら、ただ他者と関わって変わればよかったのだ。

そんなことを、今更理解する。

息を吸う。覚悟を決める。細く、長く呼気を吐き出して。

ぼくは、十六本のナイフとは別の、もうひとつの荷物を取り出した。

「私に？」

「ああ」

首をかしげる乙姫へ、ぼくはそれを手渡す。

包みをほどき、彼女は大きく眼を見開いた。

「き、きんいろだ……金色だよ！」

「おまえが取ってきた葉っぱから削りだした、ぼくの最高傑作だ」

強度は七半。形状は守り刀を意識した。

ハンドル材には、デザートアイアンウッドをふんだんに使用。

「見てわかるとおり高級品だぞ？」

「すごい」

黄金の刃。

誰かを傷つけるのではなく、誰かを守るための刃。

これまでで初めて、そんな理由で削りあげた、至高の鉱石ナイフを、ぼくは乙姫に贈る。

彼女は見蕩れたようにナイフを見つめて。

それから、宝物をそうするように胸元へ抱いた。

「大切にするね」

「そうしてくれ」

「きっと、これが私を守ってくれる」

「そう信じてる」

「さいっこうの想い出だよ、これ！　たくさん、本当にたくさんの時間を生きてきたけど、これは、なによりもまばゆい、すてきな輝きだね、真一くん！」

そんな彼女の笑顔こそが、はち切れんばかりに眩しくて。

ぼくは、こそばゆく思いながら、眼を細める。

辰ヶ海島の夏祭りが、幕を開けた。

§§

ナイフを納品したぼくらは、気合いを入れて祭りを楽しんだ。

〝わたあめ〟を作ってもらったり、金魚をすくってみたり、射的で大損したり。かき氷を一気に食べて頭が痛くなったり、舌の色が変わったのを見てゲラゲラ笑ったり。型抜きで一喜一憂、くじを引いて地味に要らない玩具を手に入れ、作りたてのたこ焼きをおまけして貰って火傷して。

途中で友が、神楽の準備があるからと抜けても、それでもぼくらははしゃいで、はしゃいで、はしゃぎ倒した。

「きっと、これが最後だから」

「最後だとしても。だからこそ楽しく」

ちっぽけで、けれどとても大切な願いのもと、泣いて、笑って、飛び跳ねて。

さすがに疲れが出てきたころ、乙姫が、

「ねえ、真一くん。せっかくだから、私の想い出話をしてあげる」

そんなことを申し出てきた。

「なんだよ、それ」

「笑わないで聞いてほしいんだ。ヒーローの話」

境内の片隅で、ぬるくなったラムネをグビリとやりつつ、ぼくは彼女の言葉に耳を傾ける。

「そのひとはね、ずっと走り続けてきたんだ」

遠くを見ながら、彼女は語りはじめた。けれどその瞳には、ぼくが映っていて。

「本人にはね、自覚なんてちっともなくて、理不尽と戦うたび、毎度毎度ボロボロになっちゃって。痛々しくて、いつだって必死で。でも、コロッと辛かったことを忘れちゃう。忘れて、気にも留めないで、彼はまた走り出す。転んでも立ち上がって。泣きじゃくっても笑顔を作って。どんな時代の、どんな場所でも。どれだけ辛くたって、健気に、ひたむきに」

なんだか、報われない話だな。

「そう？　私はね、かっこいいと思ったのです。そのひとになら、これからとこれまで、ぜんぶを賭けてもいいって思えたの。だって、彼は輝いていたから」

輝いていた、か。なら、ぼくとは真逆だ。自分の殻の中へ閉じこもり、鬱屈とした闇のなかでまどろんでいたのが、この海士野真一という男なのだから。

「そうかな」

「そうさ」

「……ヒーローはね、スゴくお人好しで、愚か者なんだ。つらい思いをしたくせに、同じことを繰り返しちゃう。誰にも死んでほしくないって言いながら、殺すことでしか相手を救えない」

「バカなんだろ」

「そう、バカなんだよ」

褒めてるのか、貶《けな》してるのか、どっちなんだ。

「えへへ。そのバカなところが好ましかったんだー。そう、なり損ないの人魚には、英雄のまっすぐさが愛おしかった。なのに——誰もが忘れてしまう」

忘れる？

「空想力学は万能じゃない。無限に繰り返される世界では、過去と未来はすり切れて、ゆがんで捻じきれ忘れ去られてしまう。そのヒーローの善行も。そのヒーローの葛藤も。だから」

彼女は自らの喉元へと触れる。チョーカーで隠された、逆鱗に。

「一番最初に、ここへ刻んだのです。ぜったい、忘れないために」

「乙姫、おまえは」

なにを言って。

「あ！」

問い掛ける前に、彼女が声を上げた。ほとんど同時に、アナウンスが流れる。

——ぴんぽんぱんぽーん。境内の中央で、催し物が始まります——。

「ねえ、子ども神楽、はじまるって」

「いっけね、もうそんな時間か」

「楽しいことはあっという間だからね！」

「蛍ちゃんたちも出るやつだしな……見逃したらなに言われるか……」

ぼくのことを〝しゃてー〟などと呼ぶこましゃくれたがきんちょだ、友の悪影響を受けて蹴り飛ばしてこないとも限らない。

「じゃあ、行こう！」

差し出された乙姫の手を取って、ぼくは立ち上がる。

そのまま神楽殿へ向かうと、手を振る友の姿が見えてきた。

けれどそれは、楽しんでいるわけではなく、慌てているようで。

「蛍ちゃん見なかった!?」

こちらへやってくるなり、切羽詰まった様子でそう訊ねてくる。

「見てないが……どうかしたのか？」

「それが、どこにも姿がなくて……誰に聞いても、今日は顔を合わせないって。あんなに神楽を楽しみにしてたのに」

そう言えば、夏希先輩も家に帰っていなかったな。

……なんだろう、胸騒ぎがする。

「乙姫、ぼくらも探そう」

「おっけー。これが人類存亡部の最後の活動だね！」

力こぶを作ってみせる人魚姫。ぼくらは頷き合って、蛍ちゃんたちを探すため散開しようとした
――そのときである。

「汀渚ぁあああああああああああああ……！」

祭り囃子をかき消すほどの大音声が轟いた。

ほかの誰でもない、あの男が。

御室戸忌部が、神社の入り口――鳥居の下に立って、こちらを睨み付けていて。

「忌部先輩……」

「待て、友」

なにか、様子がおかしい。

ふらり、ふらりとした足つきで、こちらへと向かって彼はやってくる。

お祭りに来ていた周囲の人々が、奇異の視線を向けるが、それすら気にも留めない。

男の瞳は爛々と輝き、怨嗟に満ちあふれていて。

「全部、おまえたちのせいだ。夏希は待ち合わせの場所に来なかった。俺が呼んだのにだぞ……？

なにも手に入らなかった。取り戻せなかった。なにもかも、なにひとつ。俺は、俺の人生は……」

ブツブツと要領の得ないことを呟きながらも、忌部の視線はぼくらから外れない。

ひたすらに呪詛を吐き、怨嗟を言葉に代えながら、彼はこちらへと歩み寄ってくる。

「この世のことなんて一つも解らないまま、毎日を無駄に浪費してる無能どもが羨ましいよ。そうだ、知らなければよかったんだ、こんなこと」

悟ったような顔で、忌部はぼくらの前に立つ。

ぼくは、友と乙姫を背後に庇い、彼と対峙する。

二年もの歳月をかけて、ぼくは忌部と、トラウマを乗り越えて視線を合わせようとして。

……けれど結局、彼はぼくのことなんて見ちゃいなかった。

その視線は終始、友へと注がれており。

「俺はぁ！　おまえの力なんて、知りたくなかったんだああああああああ‼」

怒号と同時に、暗黒が爆発した。

面食らう。なにが起きたか理解が追いつかない。解っているのは、彼の身体から濃密な闇が噴き出したという事実で。

人々が息を呑み、ざわめきが走る。

「これは、まさか――」

「うん。そうだよ、真一くん。このひとは」

告げる、人魚姫が、眦《まなじり》を決して。

「もう、人間じゃない」

刹那、暗黒がはじけた。

御室戸忌部の姿が消滅する。そして。

『ＳＥＥＥＥ！　ＥＥＥＥＥ！　ＫＡＡＡＡＡＡＡＡＡＡＡＡＡＡ！！！』

七色の泡立つ結晶体。

虹色あくまが、ぼくらを怨嗟のまなざしで、見下ろしていた。

§§

喧噪が、悲鳴に変わる。

お祭りの客たちが、我先にとその場から逃げ出す。

「ぼくらもいくぞ！」

反射的に友と乙姫の腕を掴み引っ張るが、しかし彼女たちの足は重たかった。

「あたしの、所為……？」

「違う！」

そんなわけがないだろう。友、おまえはなにも悪くない。

だから、避難しよう。こんな場所から、もっと安全な場所へ。

『SEEEEねえEEEEさんをKAAAAAAAAAAAAAA!!』

吠え立てる虹色あくまに、忌部の声が混ざる。

意識がある？　いや、そもそもなんであいつが結晶体に？

『MIGIWAAAAAAAAAAAAA！』

巨大な腕が、こちらへと勢いよく向かって振り下ろされた。

「くっ！」

咄嗟に友と乙姫を突き飛ばし、反動でぼくも背後へと跳ぶ。

たたきつけられた巨腕は石畳を粉砕。

飛び散る破片。幾つかが身体に当たり傷を作るが、知ったことではない。

「友！　乙姫！」

「こっちは無事よ！」

「うん、だいじょうぶ！」

よかった、忌部だったものの腕で分断されてしまったが、ふたりは無傷らしい。

けど、どうする？　時間は停止していないし、島のみんなは逃げている真っ最中だ。

なら、ぼくらもまずは避難して——などという思考は、悠長が過ぎた。

悲鳴が上がった。

ひとつではない。あちらこちらから、いくつも。

周囲を見渡して、息を呑む。

影法師。

町中のどこにでもいる影法師が、けれどゆがみの産物である幻影が。出店や子ども神楽の舞台から、のっそりと這い出し、逃げ惑う人々へ次々と覆い被さっていく。

影法師に包まれた人々は目から輝きをなくし、だんだんと黒く……そして虹色に輝き。

「……嘘だろ、おい」

否定してほしい状況ほど、おおよその場合は現実となる。

『MIIIRAAUUUUUUUUUUUU！』

『IIIIIMUUUUSAAAAAAAA！』

『SUUUUGAAAKEEEEEEEEEE！』

吠える。月に向かって、無数の虹色あくまが吠え立てる。

それは、ほんの寸前まで人間だったもの。

島の人々、ぼくらの隣人。

大人も、老人も、女性も、男性も、そして……友を師匠と呼び慕っていた子どもたちさえも。

気のいい誰かが、なんでもない無辜《むこ》の民が、バケモノへと変わっていく。

「なんだよ、これ」

なんなんだよ、これは……！


「――その問いかけには、僕が答えよう。なにせほら、これでも教師だからね」

影法師と虹色あくまの中心で、神社と月と雲切桜を背にして。

暗黒の男――太上老が、そう言った。

§§

「太上老君」

「こんなときだ、どうか先生と呼んでほしいな」

「なにを知ってるんですか、太上先生！」

「汀渚くんはじつに勇ましい。なにを知っているか、かね？　いま重要なのは、なにをしたか、だと思うのだが」

まさか……あんたがやったのか、これを。

「この惨状を！」

「然り」

メガネの冴えない男が、笑う。

「同志たちが久方ぶりに集ったのだ、僕も気分がいい。全てを語ろう」

「同志？」

「君たちが虹色あくまと呼ぶ、この怪異のことだとも。これは、僕の仲間のなれの果てだよ」

……まさか。

「驚くほどのことじゃない。海士野くんにはきちんと説明しただろう？　もし驚いてしまったのなら、君の想像力が足りなかったというだけなのさ。もっとも、事ここに至っては、どちらでも同じことだけれどね」

「あなたは」

乙姫が、そこで口を挟む。

震えながら、怪物を見るような目つきで太上老を見詰め、問う。

「あなたは、なに？」

男の口元が、三日月の如き弧を描く。

「遙かな昔、龍の黒いうろこを食べた若者がいた。若者は理想に殉じ、世界をよくするため仲間を集め理不尽と戦った。けれどもひとり、またひとりと仲間達は息絶え、若者だけが後には残された。彼は不老不死だったから、死ぬこともできず、いまだこの世をさまよっている」

それはこの島に残る八尾比丘尼伝説。彼の口から聞いた伝承。

けれど、それではまるで。まるで先生が。

「そう、その若者こそが僕だ。澪標乙姫、なり損ないの人魚。いや――〝世界龍〟の原型よ！　君が空に昇ることを失敗した結果、死ぬことができなくなった若者こそ、僕なのだ！」

太上老が、サマースーツを脱ぎ捨てる。

どんなときでも決して、ネクタイのひとつすら緩めなかったスーツを。

ぼくらは愕然と目を見開くことになった。

そこに現れたのは、異形の裸体。

全身の隅々までを、濡れたように黒いうろこで覆い尽くした彼の姿で。

「乙姫ちゃん！」

崩れ落ちた乙姫を、友が慌てて抱き止める。

少女は「おかしいことだと、解っていたのに……」と譫言《うわごと》のように呟いていた。

けれど、いまは彼女に構ってやることは出来ない。そんなリソースはない！

なぜなら、目前の暗黒は。

無数の虹色あくまを従え、その中心に立つ常軌を逸した存在は――！

「随分長らく待ったものだ。人魚などとは偽りの姿。彼女は龍、龍のなり損ない。想い出の翼が足りず、空にも昇れぬ失敗作。そんな彼女にうろこを与えるため、僕がどれだけ苦労をしてきたか。もっとも、その最たる原因は君が未来を歪めたからなのだがね。そうだろう……汀渚くん？」

彼は友を指差し、これまで一度だってみせたことのない、嫌悪に歪んだ表情で告げる。

「本来ならば二年前、僕のシナリオは完成するはずだった。僕に活用された御室戸くんによって、再三再四の負担をかけられた君は、ヒーローを願うはずだったのだから。いや、事実として自分を助けてくれる白馬の王子様を欲しがった。つまり――それが海士野真一くん、きみだ」

ぼくは。


「君はね、僕と彼女によって作られた、偽りのヒーローに過ぎないのだからね」


偽りの、ヒーロー……？

「ああ、そうだとも。君が積み重ねた偉業。今日まで成し遂げたいくつもの試練と葛藤。その全てが、僕と汀渚くんの合作だったのだよ」

がっくりと、両膝から力が抜ける。突きつけられた事実に、心が軋む。

……ぼくが、作り物？　友とこの男が生み出した、まがい物だって？

ショックを受けるようなことではないはずだ。

ぼくはとっくにヒーローじゃなくなっているし、そもそも英雄である必要など、人間にはない。

なのに、両足は萎えてしまい、立っていることすらままならない。

ヒーローなんて、どうでもいいことだ。こだわったことなどないはずだ。

なのに、どうして――

「真一！　お願――逃げ――」

友がなにかを叫んでいるが、聞き取ることができない。

ただ、今日まで先生と……理想の大人と慕ってきた男の言葉だけが、鼓膜を震わせ、脳髄を侵す。

「二年前のあの日、運命は決するはずだった。絶望した汀渚くんは心の底から救い主を求め、辰ヶ海の巫女だけに許された能力で海士野くん……君を完全な英雄にするはずだった。そう言う脚本で、そのために僕は同志――虹色あくまを送り込んで、彼女を脅しさえした」

頭が割れるように痛い。

ざらざらと、ノイズ混じりの記憶が、脳の片隅で何度も何度も再生される。

かすれた記憶。砕けた記録。摩耗した思いの断片。

結晶体……忌部の身体から生えて、友に襲いかかる虹色の腕。

これは、なんだ――？

「……想い出せないだろうね。その記憶は空想力学によって、逆さうろこへと封じられている。そう、想定外だったのは、汀渚くんが君を巻き込むまいと考えたことだ。それによって未来は大きくゆがみ、あの場所へと介入してくるものがいた。それが澪標乙姫、きみだ」

乙姫は答えない。

ただ、小刻みに震えている。

「ほとんど想い出が完成して、君は空へと昇っている最中だったにもかかわらず、彼らを助けた。その所為でいくつかの想い出が砕けてしまい、昇天は失敗。生徒たちから記憶が失われ、結果的に今、この瞬間の、修繕されない狂った世界が形成された。無論、君が天に昇れなかった理由はほかにもある。そもそも肉体を持ったままでは、重すぎるのだよ」

「……だから、だね」

乙姫が顔を上げる。

太上老が見下す。

「だからあなたは、真一くんを英雄にしようとした。肉体と魂を断ち切るために。そして私が想い出を作ることも手伝った。はじめから、企んでいたから」

「その通りだ。僕と君は、同じ理屈で動いているのだよ」

彼女たちの会話は、欠片も理解できない。

それでも、自分が巻き込まれただけの端役に過ぎないことは、痛感せざるを得なかった。

端役。でなければ、道化だろう、こんなもの。

「昇天のチャンスをふいにした龍は失墜し、人魚となった。僕はまた一から準備をすることになり……そこで御室戸くんと汀渚くんの再利用を思いついた。彼にはいったん舞台から退場してもらい、不在という事実をもって、巫女へと圧力をかける。来るべき刻にはじける時限爆弾だよ。思った通り、汀渚くんは海士野くんへと呪《のろ》いをかけ続けてくれたね？　おかげで彼は他に類を見ない、理不尽にあらがう空想力学を持った英雄として完成した。今日までありがとう、汀渚くん。……だが」

そこでがらりと、男は声のトーンを変える。

彼は右手をゆっくりと掲げ、ゆるやかに振り下ろす。

すると同期するように、虹色あくまの一体が腕を地面へとたたきつけた。

友たちが、悲鳴を上げる。

「やめろ！　やめてくれ、太上先生！」

「いくら海士野くんの頼みでも、それは出来ない相談だ。もっとも、すでになにをしたところ同じになるよう、僕は運命《シナリオ》を編んだのだがね。そもそも、この局面で彼女は最早不要だろう。走る意義を失い、傷物となった汀渚くんを君は求めるのかな？　廃棄しても、問題がないのでは？」

なに言ってるんだ……？

廃棄してもいい？　友を？　ぼくの大切な幼馴染みを？

「あ——あんたは」

「なんだい？」

「先生は、子どもが好きなんだろ？　ひとの可能性を信じてるんだろ!?　だったら友のことだって」

「ああ、だから汀渚くんは不要なのだ。すでに可能性がないからね。二年前なら、違ったのだけど」

「そんな……」

「一方で海士野くんは素晴らしい。君は運命に束縛され、未来を決定されたからこそ、それにあらがうための無限の可能性を獲得している。いまの君であれば、龍を救うことだって可能だろう」

待ってくれ。それは、乙姫を助ける方法があるってことか？

彼女が、死ななくていい道筋が。この世界を糾《ただ》す方法が。

「君は、根本的な勘違いをしている。世界を再編する方法は一つではない。龍の死と生、どちらでも可能なのだ。翻《ひるがえ》って澪標乙姫。彼女は龍だが……生きているままでは、空に昇ることができない。想い出のうろこは羽衣のように軽いが、肉体は現世のくびきの如く重い。枷なのだよ。だから、殺してやる人間が必要なのだ。世界はそれを——〝英雄〟と呼ぶ」

じゃあ、乙姫が。世界が。おまえが。

ぼくに望んでいる役割って。

「そうだとも」

彼は大きく頷くと、満足そうに、こう言い放った。

「海士野真一くん。君には選んでもらいたい。澪標乙姫を、生かすか、殺すか。それが——ヒーローになるということだ」

§§

無論どちらでもいいと、暗黒は続ける。

「彼女を殺せば、世界は正しい形となり、そして僕も死ぬことができるようになる。とっくに生きることには飽きていてね、それはそれで構わない。死して天上、神の国へと至り、この世の真理に触れ、世界を望む形へと変貌させようとも」

一方でと、男は言う。

「彼女を殺さず、共に生きることもできる。その場合、この世界は暗黒へ包まれ原初のカオス——可能性の海へと還元される。こちらこそを僕は望んでいる。いわゆる世界の終焉《おわ》りだ」

「島の人たちはどうなる。島の、外の人たちは」

「彼らもカオスの海に溶ける。だが……幸せなことじゃないか。大人などという可能性の終わり尽くした愚物どもはゼロにまで還元され、子どもという可能性に満ちた希望は、いつまでも可能性のままでいられる。それはとても、とても素晴らしいことではないかね？」

「狂ってる。あんた。救世主かなんかのつもり？」

友が、皮肉を吐き捨てる。

それを受けて、老は嬉しそうに笑った。

「そうだとも。だから今日まで、僕は死の運命から除外されてきたのだからね」

つまり、あんたはこう言いたいのか？

乙姫を助ければ世界が滅び、世界を救うには、どうあっても乙姫を殺さなければならない——と？

「……ふざけるなよ」

そんなもの、選べるわけがない。

そもそも世界を救えるからって、あんたのやってることが許される道理だってない。

だったら、二人を連れて逃げたほうが──

「──逃げたほうがずっとよい。犠牲をよしとしない君ならばそう考えるだろう。だから、万が一のないよう、準備をさせてもらった」

わざとらしく、あるいはいま思い出したとでもいわんばかりの適当さで、男は指を鳴らす。

すると、虹色あくまの群れが隙間を空け、そこから二本の腕が突き出された。

腕の先には。

「夏希先輩!?」

「蛍ちゃん!?」

ぼくと、友の悲鳴が重なる。

結晶体の触手には、見知った人物が握られていたからだ。

諏訪部夏希と、夕凪蛍。

ぐったりと意識を失った彼女たちは、囚われの身となっていて。

『TAいJOさああAAAんNNNNNN！』

轟いたのは、雄叫び。

それを発したのは変わり果てた忌部。

彼は訴える。ありもしない瞳を怨嗟に燃やし、太上老を睨み付けながら。

『NA、NAAAA夏希、には、TEをださない約、ヤクソクだったはずうううううう!!』

「……確かに約束はした。しかし、考えてみたまえよ、御室戸くん。そのような約束、守ろうとも、破ろうとも——どちらでも、同じことではないかな？」

『SUROKOOOOOOOOOOOOOOOOO!!!』

なけなしの人間性。僅かに残った感情が燃焼。

忌部は、太上老へと向けて拳を振りかぶり。

「残念だが、黒いうろこを食べた僕は、虹色あくまに対して絶対的な命令権を有する。そう……これまで、君を操ってきたようにね」

暗黒の男が宣言するのと同時に、忌部の動きがぴたりと止まる。言葉を発することも、憎悪を発露することさえも出来ず、彼は完全に制御下に置かれてしまう。

……わかった。理解した。これまで忌部が行ってきた、傍若無人の正体を。

なにより、あの日。二年前、始まりの夜……彼が通話していた相手が、誰であったのかを。

太上老——この暗黒こそ、すべての元凶、黒幕だ。

「さて、うるさい道具は黙らせた。あとは君たち三人に、僕の要求……脚本を伝えよう」

この場の支配者となった男が、黒く濁った眼ですべてを睥睨《へいげい》しながら、告げる。

「汀渚友、きみには海士野くんへかけた呪いを解いてもらう。海士野真一。きみには澪標乙姫を救うか殺すか選んでもらう。そして澪標乙姫、きみには——」

「やめてほしいのです」

「ん？」

「お願いするので、やめてください……」

力なく、乙姫がつぶやいた。彼女は友から離れ、ひとりで立つ。小さな身体は震えを隠せず、それでも毅然と顔を上げて、乙姫は続ける。

「たくさんのひとを巻き込んで、世界を手玉にとって、いくつもの想いをないがしろにして、感情を踏みにじって。これ以上、誰を悲しませたいのですか？」

「…………」

「あなたの悲劇、その責任は私が取るよ。大丈夫、きっとなんとかするから。必要なら、何度だってお願いするもの。神様にだって、ぜったい私が願いを伝えてみせる。だから……やめて。蛍ちゃんや、夏希ちゃんを巻き込まないで！　島の人達を、想念の牢獄《虹色あくま》から開放してあげて！」

「嫌だと言ったら、君はどうするのかな？」

「……っ」

唇を強くかみしめ、少女はあるものを抜き放つ。

それは、鉱石ナイフ。ぼくらが作った、黄金の……想い出の、守り刀。

ブルブルと恐怖に震えながら、彼女は太上老へと刃を向ける。

大切なものを守るため。想い出の価値を、信じているが故に。

「それで？　そんなもので、いったいなにをするのかね、澪標くん？」

「あなたの野望を、挫《くじ》くのです！」

彼女は刃を。

「さようなら、真一くん。そしてごめんね。きみは」

その刃を。

「きみは——ヒーローになんて、ならなくていいや」

自らの逆鱗に突き立てようと、振りかぶって。

「……出来もしないことをやるとは、無為にもほどがある。それは雲斬《くもきり》ではないよ、世界龍」

「きゃ!?」

太上老がしたのは、指を鳴らすことだけ。

それだけで、ナイフは砕け散った。乙姫の目の前で、彼女の想い出が。

きっと彼女を守ってくれるはずの黄金の守り刀が、願いが、粉みじんになって。

「あ、ああ、あああ」

闇が集う。世界中から、黒よりもなお昏い暗黒が。

それは乙姫の身体を起点にして、硬く、硬く煮詰まり、強固に凝縮し——

「あああああああああああああああ!?」

——黒色のうろこを、形作った。

チョーカーが消し飛ぶ。

暗黒は露出した逆鱗を覆い尽くし、ついには取って代わってしまう。

「ああ、いよいよこのときだ。大願成就の、そのときだ！　想い出はいま、再びここに集まった。物語に、エンドマークを飾ろうじゃないか！」

歓喜する太上老。

虹色あくまが触手を伸ばし、彼と乙姫を絡めとり、夜空へと持ち上げる。

老と、乙姫と、すべての虹色が混じり合い、いま、ひとつの形を描く。

それなるは龍。世界のゆがみの具現。


黒き龍が、辰ヶ海島に降臨した。

§§

「悪しき想い出を持って、世界を可能性の海へと還元する装置――世界龍が、ここに完成する！」

高らかに宣言する太上老。

同時に、乙姫の身体からバラバラと輝くうろこが抜け落ちて、きらめく粒子へと変わり霧散。

代わりに生えそろうのは、暗黒のうろこ。

それが彼女の全身を埋め尽くすと同時に、万物がモノクロームへと変化。

失われた色彩、停止した時間。

だが、違う。これまでとは、決定的に。

世界は凍り付いているのに、風は吹き荒れ、黒い雨が降り、嵐が島を蹂躙する。

「世界龍が肉を触媒として、僕はこの世を理想郷へと変える。誰も救えぬ、誰も救わぬ大人どもを抹消し、未完の希望を宿した子どもたちを固定、万物万象をカオスの大海へと戻す。いまこそ積年、幾星霜を重ねた願いの果たされるときだ！」

宿願を告げる彼。

乙姫に虹色あくま、超常の象徴であるそれらと融合した太上老は、もはや人の枠を超えていた。

黒き龍。

全長は、二百メートルを優に超え。

たたまれた大翼、巨人のごとき手足、果てしなく続く尻尾、ワニのような顎。

恐ろしき威容は、神話の再現の如く身をうねらせ、お祭り会場を、神社を、島中を破壊しながら、海へと向かう。

「……ごめんなさい……」

かすれた、小さなつぶやきがこちらへと届く。

遙かなる頭上、黒き龍の喉元。

そこに囚われた乙姫が、涙をボロボロとこぼしながら、繰り返し、繰り返し謝罪の言葉を紡ぐ。

ごめんなさいと。せめて、責任は果たすからと。

「真一……！」

「……ああ」

友が、自転車をこちらへ引っ張ってくる。言われるまでもなく、ぼくはそれに跨がった。

幼馴染みが、後方に立ち乗りする。

「あいつを、追いかけるぞ」

「当たり前。あたしだって、同じ気持ちよ！」

ありったけの力で、ペダルをこぎ出す。

世界龍の巨体は、脅威そのものだ。

やつが動くだけで、破壊された家屋やら道やら山やら、その他諸々の破片がこちらへ向かって降ってくるので、僅かでも距離を縮めるのは難しい。

それでも、なんとか全部を躱しつつ、じりじりと距離を詰める。

付かず離れず追いかけて。だから聞こえていた。人魚姫の、悔恨の言葉は、ずっと。

「私は、正しいことをしていたつもりだったのです」

おまえは正しかったよ。

「世界を正常にして、みんなが笑顔でいられるようにって」

おまえがいなきゃ、ぼくらの日常はもっと早くに壊れていたさ。

「二年前だって、私がお節介しなきゃ、友ちゃんは怪我をしなかったかもしれない」

あのとき、おまえはなにをしてくれたんだ？　ぼくは……覚えていない。

覚えていないけれど……かすかに、脳裏をよぎる思いがある。

……走っていた。嵐の中を、がむしゃらに。逃げ出したくて、助けを呼びたくて。

そんなときに、ぼくの横を風が抜けていったんだ。

まっすぐな風は空へと登って。そして、キラキラと輝きながら落ちてきた。

あれは、たしかに、きれいなうろこで。

「……いまでも思っているのです。助けたいって」

誰を。

「島のみんな。一緒に遊んだ子どもたち。蛍ちゃんに夏希ちゃん。この――憐れなひとだって」

おまえは、太上老さえ救いたいというのか。

「だから、ね」

彼女が告げる。彼女が笑う。

涙をこぼしながら、悲壮な表情で、決然と。

「私、なんとかして、自分で死ぬよ。身を尽くすよ。そうしたら、きっと世界は」

「おまえは！」

気がつけば、ぼくは叫んでいた。

全速力で自転車を走らせて、肺臓が苦しくて。両足はパンパンで、いまにもはち切れそうで。

脳みそは理解を拒んで、真っ白で。

それでも、叫んでいた。

「澪標乙姫は――それでいいのかよ!?」

あの日の誓いはどこに行った？　涙は、あの刹那に涸れ果てたのか？

おまえは言ったぞ、たしかにぼくへと告げたじゃないか。

「生きてみたいって言ったのは、嘘だったのかよ乙姫ぇぇぇぇぇぇぇ！！！」

「生きたいに、決まってるじゃん……!!」

決壊した。

もとより感情を御するのが得意ではない少女の心が。

まっすぐに、あふれ出す。

「生きたいよ、死にたくない、もっとたくさん楽しいことしたい！　怖くないなんて嘘だよ！　想い出は眩しいほうがいい、きれいなほうがいい！　楽しかった、素敵だった、美しかった！　真一くんと友ちゃんと一緒に過ごしたこの夏は、これまでの何百年より、ずっとずっと輝かしいものだった！　だから！」

だから。

「私を助けてよ、ヒーロー……！」

ぼくは、無理矢理に口元をつり上げる。ああ、そうだ。この瞬間を待っていた。

「まかせろよ、悲劇のお姫様」


いまこそ彼女《セカイ》を、救うのだ……！


けたたましいブレーキ音を奏で、自転車が横滑りに急停車する。

海岸線の崖っぷち。ぼくらは勢いのまま自転車から飛び降りた。波打ち際へと立ち、大海を睨む。

黒き龍は、もちろん止まりなどしない。

太上老の目的を果たすため、万物を可能性に還元するため、黒い海へと泳ぎだし始めていた。

カオスの大海がどうとか言っていたから、沖合へと向かう必要があるのかもしれない。

だったら、唯一の時間的猶予はそれだ。

どうする？　このままでは、乙姫が手の届かない場所に行ってしまう。

打つ手は、あるのか？

胸の中に去来するのは、人魚姫の叫び。死にたくないと、生きたいと願った、彼女の祈り。

「友」

かたわらの親友に、大切な幼馴染みに、ぼくは声をかける。

覚悟を決めたつもりでいたけど、彼女のほうがよほど肝の据わった顔をしていた。どうやら、こちらの考えは全部伝わっているらしい。だから、正直に告白する。

「ぼくは――ヒーローになりたい」

衝撃。

頬を大きく張られた。平手を振り抜いた姿勢から、友はそのままぼくを抱き寄せる。

強く、強く抱きしめられて、理解する。彼女は、こんなにもぼくを想ってくれていたのだと。

「知ってたわよ、バカ」

「ごめん」

「いかないで」

「……それも、ごめん」

「ヒーローは、やめたんでしょ……？」

彼女の問いかけへ、ぼくは心底から、正直に答える。

「ここで乙姫を見捨てるやつが、おまえの隣にいられるのかよ」

……大切な人が落涙した。また、彼女を泣かせてしまった。

けれど大好きな幼馴染みは、涙をこぼしながら、それでも微笑んでくれて。

「ずっと。ずっとね？　あたしはあんたを呪ってた。龍の太占《ふとまに》が見せる未来。あたしは、忌部じゃなくてあんたと結ばれたかった。でも、その未来を選ぶと、必ず〝ここ〟へ行き着くの。乙姫ちゃんを助けるため、英雄になったあんたが死んじゃう未来に」

「…………」

「だから、呪ってた。走ることが出来ないように縛って。そして――願ってた。あたしと真一が決して結ばれることがないように。それでもあんたが、いつまでもそばに、いてくれるようにって」

彼女が離れる。

けれど、ぼくらは別たれない。この手は、熱は、しっかりと繋がれたままで。

「ナイフを、貸して」

言われるがままに、御神体のかけらで作ったナイフを渡す。

彼女は束ねた長い髪に――〝はじまりの夜〟からずっと伸ばし続けていた黒髪の根元に刃を当てて。

「あたしのためだって言うなら、助けてくれなくてよかった。真一が生き延びてくれる方が、よっぽど大事だったから。でも」

自分のためではなく、誰かのためなら。他ならない、澪標乙姫のためならば！

「あんたは、やっぱりヒーローだから。助けてあげなきゃ、あたしたちの――乙姫《ともだち》を！」

大きく、彼女がナイフを振り抜く。

ブチブチと音を立て、ちぎれた黒髪が空に舞う。切れないはずの刃が確かにそれを切る。

同時に、強い衝撃が脳裏に走った。

これまで、ぼくの記憶をがんじがらめにしてきた呪縛が、すべて切断される……！

「……これを忘れてたのかよ、薄情すぎるだろ、ぼく！」

想い出した、始まりの夜のことを。

忌部に狙われた友を助けたくて、ぼくはあのとき割って入ったのだ。

けれど彼は虹色あくまにとりつかれていて、沸き立つ結晶体はあふれ出して襲いかかってきた。

ぼくは思った、友も、忌部も守るのがヒーローだろうと。だから二人を助けるために、結晶体へと飛びかかって。でも、バケモノが暴れた拍子に、御神体が倒れて、欠けて。

そのとき、出来たのだ。友の足に、怪我が。

「うん。あたしの怪我は、真一の所為じゃない。あたしが御神体と共振していたから、龍の太占《ふとまに》を持っていたから、連動してそうなっただけ。あんたはね、真一。はじめっから、罪なんて背負ってなかったのよ」

軽くなる、両肩が。足が、頭が、全身が。

いまなら、空だって飛べる気がした。

記憶はさらによみがえる。

吹き荒れる突風、いまと同じ荒天の下。虹色あくまを引きつけて、ぼくは嵐のなかを逃げ続けた。

けれど次第に追い詰められ。

そんなとき、空から降りてきたんだ。ぼくを助けるために……一匹の龍が。

それが、乙姫だったんだ！

彼女は虹色あくまを退けて、傷ついて、倒れ込んだ。

そして、ぼくは触れた。傷だらけになった彼女の喉元に。

たった一枚の――逆鱗に。

「だから、二度目だったんだな？　あのとき、ぼくのことを刻んだんだな、乙姫？」

ならば、次はこちらの番だ。救われたのがぼくらだったのなら。

今度は、ぼくが彼女を助ける番！

決意を新たにした瞬間、胸元のペンダントが、人魚の涙が輝いた。

青く、蒼く輝くそれは、ふたつにほどけてぼくの足下へと滴り、新たな形を作り出す。

〝靴〟――羽の生えた、青色のランニングシューズ。

それだけじゃない。

「ナイフが？　それに、神社も！」

友が、驚きに目を丸くする。

彼女の手の中で、ナイフがまばゆい輝きを放つ。

同時に、神社のあった場所――おそらくは御神体から再び、光の柱が空へと伸びて。

天を衝いた御柱は、次第に枝分かれをはじめ、つぼみをつけて、ついには花を咲かせた。

雲切桜。

龍が空に昇るときに咲き誇るという、まぼろしの桜。

舞い散る花弁が、ナイフへと集まり、形を変える。未来を切り開くような、刃の形へと。

「友、おまえ、傷が」

「……すごいわね、空想力学。ここまでくると、ちょっとブルっちゃう」

彼女の傷痕が輝き、ほつれるようにして少しずつ消えていく。完全に消えることはない。積み重ねてきたものがあるからだ。

それでも、背負った罪悪感《もの》は、また少しだけ軽くなって。

「あんたは作られた英雄なのかもしれない。そうなるように、物語によって決められていたのかもしれない。だけど、関係ないじゃない」

彼女は断言する。

ぼくのことを誰よりも知っているひとが、間違いないと言ってくれる。

「はじめて走ることを選んだのは、それすらも誰かの意思だったの？　唆《そそのか》されて、運命に縛り付けられて、それで、逃げるために走ったの？」

違う。ぼくが走りたかったのは。

一歩を踏み出す勇気を忘れなかったのは。

「誰よりも速く、おまえの元に駆けつけるためだ。それが、ぼくの最初の想いだ」

そしていま、ぼくを必要としている誰かがそこにいるなら、やるべきことは決まっていた。

頷き合う。それだけで意志が通じる。

友は刃を手渡してくれた。ぼくは、柄をつかむ。

両手を、思いっきり引っ張られた。


唇が、熱が、触れあって。


「──帰ってきたら、もっとすごいことするから。もう、童貞なんて誰にも呼べなくしてやるから」

「それは、おっかないな」

「喜べ、朴念仁！」

怒られて苦笑。すぐに眦を決し、視線を海上へ。

沖合に達した黒き龍は、いまにも儀式を始めようととぐろを巻き始めている。

空には暗雲が立ちこめ、暴雨風は吹き荒れ、時間すら停止し、この世の終わりのようで。

ああ、なんて世界は理不尽で、容赦がないのだろうと思う。

それでも、ぼくらは抗うのだ。大切ななにかのために。形ある、形のないもののために。

「ならば世界よ決別を告げる、理不尽どもよ永訣を告げる。誰もが世界《ものがたり》に絶望するというのなら、聞け」

　この世が悲劇だけでできあがっているというのなら、万象が不条理だというのなら。

「このぼくが――希望になろう！」

　刃を逆手に構え、海を、地平線の彼方を睨み付け唱えた。

「あんたはもう、いまひとつなんかじゃない」

　幼馴染みが、ぼくの背中に手を当て。

「真実ひとりの、海士野真一《ヒーロー》よ！」

　そのまま、前へと押し出してくれる。

「バイバイ、ぼくの幼馴染み」

「走れ、私の英雄！」

　そしてぼくは――囚われのお姫様のもとへ、いま駆け出す。

§§

「人類存亡部、五箇条……！」

　かつてヒーローだったぼくに。

　そしていまヒーローへ戻ったぼくに、できないことなんて、きっとない。

「ひとつ、はじめる前に準備体操！」

大きく屈伸、頬を叩き、走り出す。もはや呪いはそこになく、この足は軽やかに動く。

目前にあるは黒海。外の世界すべてが可能性として溶けた、カオスの海。

普通に考えれば、そこへ一歩を踏み出しても海底へと沈むだけだ。

けれど。

「ひとつ、チャレンジをいつだって笑わぬこと！」

ぴちゃんと広がる波紋。

走れた。水の上を、走ることができた……！

人魚の涙が変化したシューズは、水をはじく。ならば片足が沈む前に、もう片方の足を前に出せばいい。その繰り返しが、前へと進む原動力となる……！

水面が変わる。蹴りつけた海水が、黒から黄金へ、輝き澄み渡っていく。

「ひとつ、よく食べ、よく寝、よく遊べ！」

この夏の間に、たくさん食べた。これまでの人生で、たくさん休んだ。

みんなと一緒に、たくさん遊んだ！

だから、そのすべてを取り戻すのだ。

一度水面を走れると解れば、ぼくに迷いはなかった。

蹴りつけるたびに速度は上がり、周囲の風景は高速で背後へと向かって流れていく。

数年ぶりの全力疾走。けれど疲れなんて感じない。限界なんてどこにもない。

やがて、すべてが真っ白に——銀色の速度の世界へと、ぼくは突入する。

昂ぶる心が、口元を吊り上げた。

そうか、全力で走るのって、こんなにもすがすがしく、こんなにも楽しいことだったのか。

「……追いすがってみせるとは、さすが英雄だ。海士野くん」

黒き龍が――違う――太上老が、どこか意外そうな声を上げる。

彼は龍の頭に下半身を融合させていて、そこからぼくを見下ろし、嘲ってみせた。

「では、物語を盛り上げるために、余興を一つ」

お決まりとなった指を鳴らす合図で、龍の全身から無数の黒いうろこが射出される。

それは極小の泡立つ結晶体。黒く染まった虹色あくま。

触れるだけでも危険なバケモノが、こちらに向かって殺到。

「ひとつ！」

叫び、ひときわ強く、海面を蹴る。

「悩んだら最速で行動！」

まっすぐに、最速で、最短距離を、向こう側《ゴー・ビヨンド》へ！

紙一重で龍の攻撃を躱し、ぼくは彼へと肉薄。

彼？　違う、違うぞ。ぼくは。

「乙姫！」

「……っ」

黒き龍の胸元で、少女が震えた。

「こざかしいことを、するものだね」

苛立ったように、黒き龍は尻尾を振り上げて、直接ぼくを打ち落とそうとする。天から振り下ろされる大質量の一撃。紙一重、走り高跳びの要領で、アーチを描くように身をひねり。

「飛び乗った、だと？」

そう、ぼくは尻尾へと飛び移った。そのまま、龍の身体を一足飛びに駆け上がる。

「待ってろよ乙姫。生きてろよ人魚姫。必ずそこに、辿り着く！」

「真一くん……」

「おまえの願い、ぜったい叶えてやるから」

「……うん！」

彼女が強く首肯。それだけ、きっとわかり合えた。だから走る。

「まだ理解できないとは、やはり英雄は愚直なものか。君が足掻《あが》こうとも、足掻くまいと、どちらだって同じことなのだよ、海士野くん？　そうだ生も死も、全ては裏表でしかなく――」

「――あなたは、かわいそうなひとだ」

「なに？」

初めて、太上老が意外そうに首をかしげた。

ぼくは龍の身体の上を走りながら、彼へと語りかけ続ける。

「先生、あなたはたくさんのひとに関わって、人生を狂わせてきた。けれど、だれにも深く関わってはもらえなかった」

だから変われない。変わることができなかった。

ぼくとは逆だ。ぼくは、たくさんのひとから背中を押されて、いまここにいる。

諦めの絶望から立ち上がり、本物のヒーローへと変わるために。

「だから！」

「……きみは、藍那くんと同じことを言う」

鼻白む太上老。けれど、この間も攻撃は緩まない。

尻尾は波打ち、無数の虹色あくまがぼくを狙う。

「彼女は理解のある人間だった。世界をよくしようとする僕の理想にも、子どもたちを大切に思う志にも共感してくれた。御室戸藍那は、真実理想の助手だった。だけれど、ねぇ」

黒い男が、嗤う。

「あれは結局〝大人〟だったのだよ。僕の企み、世界龍による混沌への回帰を知ると、途端に非難し、止めようとしてきた。ショックだったとも。あれには大人としては例外的に、唯一可能性を感じていたから。しかし、おかげで僕の決心は一層強くなった。それで藍那くんは邪魔になったから」

だから。

「殺してしまったよ。強盗殺人に見せかけて、誰ぞにプレゼントにするつもりだったらしい包丁で刺し殺してしまった。まあ、そんなのは馬鹿馬鹿しいことで、どちらでも同じ――なんだ？」

突然、黒き龍の動きが緩慢になる。

ぼくを振り落とそうと身をくねらせていた巨体が、押さえつけられるように軋みを上げて停止。

『ＮＥ、義姉さんの仇は――おまえかぁあああああああああ！！！』

龍の一部が崩壊。

そこから姿を覗かせたのは、虹色あくま――いや、御室戸忌部！

『義姉さんはなぁ、あんな死に方をしていいひとじゃ、なかったんだぞおおおおおお！』

「先輩！」

『いけぇ、海士野ぉお！　意地を見せろよぉっ！』

「はい！」

彼の渾身の援護を受けて、ぼくはラストスパートをかける。

「想定外なことをするものではないよ。僕の手駒の分際で、物語の歯車に過ぎない道具如きが！」

「先輩は一己《いっこ》の人間だ！　誰かの手駒なんかじゃない！」

走って、登って、駆け上がって。降り注ぐ虹色あくまの雨をかわし。

最後の一秒まで、最速で駆け抜け、駆けつける。

ヒーローとは、そう言うものだから。

「違う、君もまた僕が描いた脚本通りに踊ってきた偶像に過ぎない。計画の歯車なのだ！」

確かにそうなのだろう。今日までの全てが、あなたの思惑通りだったのだろう。

けれどなにもかもが計画通りだとして。

「それで――ぼくらの想い出が嘘になるわけじゃ、断じてない！　存亡部五箇条っ！」

ひとつ。

もしも世界が理不尽ならば《You can do it》？

「あ、海士野真一……君は偽物《つくりもの》の希望の！」

「だからどうしたぁああああ《I can do it》！」

辿り着く――その場所に。

「真一くん！」

黒き龍の喉元に囚われたお姫様。

澪標乙姫が、ぼくの名前を呼ぶ。

「いいんだな」

「……っ」

確認の言葉に、彼女は視線だけで頷いた。

躊躇などしない。するものか。逆手に持っていた刃を両手で強く握り、振りかぶる。

「――数百年ぶりに驚いたが、所詮は僕のシナリオ通り。その命を賭けて、龍を殺すのだね、英雄？

それでもいいとも。どちらにせよ、僕は願いを遂げられる」

「いいや、あなたの願いは叶わない。先生。太上老先生」

ちょっと早いけれど。

「ぼくたちは卒業させて貰う。あなたの描いた――クソ脚本《シナリオ》から！」

かつて龍を屠った刃、雲斬りが。

「ぼくを信じろ、親友」

いま一度、乙姫の喉を。
その逆鱗を――貫いた。

『IIIIIGAAANEEEEEEEEEEEEEEE!!!?』


呆気なく、ほどけて消える乙姫の姿。

同時に黒き龍が、断末魔を上げてその全身を崩壊させていく。

龍の頭上で、半身だけになった太上老は、皮肉げな笑みを浮かべていた。

「本気で殺してみせるとは、お見それしたよ。しかし、卒業？　出来ていないようだがね。なにせ、ここまでが計画のうち。これで僕は、世界龍の魂に同化することで空へと昇ることが出来る。天空、神が坐す場所。そしていまこそ神に訴え、世界を可能性へと還元する。即ち、脚本通り――」

「もう一度言うぞ、太上老。あなたの願いは、叶わない」

人魚姫のうろこを貫いた刃は、既に消滅している。

けれど、ぼくの腕はそのまま、黒き龍の内側、カオスの海へと突き立てられたままで。

「まて――なにをしている？　やめたまへ海士野くん。それは、絶望の、パンドラの箱だぞ!?」

やめない。

絶望なんかしない。

「やめるんだ。やめろ！　返せ、それは僕の可能性だ……！」

「違う！　彼女は——誰かのものなんかじゃない！　彼女も、誰もが、希望なんだ！」

ずるりと、腕を一息に引き抜く。

閃光。

黄金の光。

この世のすべてが、光の爆発によって染め上げられる。世界が、色彩を取り戻す。

夜が、明ける。

……可能性というのは、確かに素晴らしいだろう。けれど、他ならない先生が言うとおりなのだ。

なんにでもなれるということと、なににもなれないということは、どちらでも同じことでしかない。

可能性だけがあっても駄目なのだ。それを選ぶ者がいて、そこに思いが宿って、初めて意味をなす。

ぼくへそのことを教えてくれたのは、大切な友人だ。

その友人が。

いま、カオスの海を割って。

繋いだ手の先に——顕現《けんげん》する！

「ぱんぱかぱーん！」

場違いなほど明るい声。

どこまでも清々しい、潮風のような声音。

「澪標乙姫、ふっかーつ!!」

この瞬間起こった奇跡は、きっと嘘じゃない。

つないだ手の先に、紡いだ希望の先に、たしかに彼女はいたのだから。

「おかえり、乙姫」

「ただいまですよ、真一くん」

「……馬鹿な。こんなことは、ありえないはずだ！」

すべての元凶が、絶叫する。

「想い出はすべて集めた。その悉《ことごと》くを暗黒で染め上げた。であれば、なり損ないの龍は僕の支配下に落ちたはず！　そもそも龍を殺した英雄は、もろともに世界から隔離されるはず！　だというのに、君たちは何故そこに立つ？　ただの歯車が、なにを寄辺《よるべ》に奇跡を起こした？　君は本当に僕の生み出したものか？　僕の計画《ものがたり》を阻む君たちは……なんなのだ!?」

そんなことは簡単だ。先生が生徒に訊ねることじゃない。

けど、まあ、言ってやれよ、乙姫。

答え合わせってやつだ。

「くぅーそぉーりきがーく！」

誇らしげに、少女が歌う。

「空想力学——だと!?」

そう、空想力学は想い出の科学。

忘れられない出来事を、忘れたくない物事を、消えてほしくないすべてのものを、形にとどめる奇跡のありかた。

たとえば御神体がそうだったように。

たとえば雲切桜がそうだったように。

そして、輝くうろこがそうであるように。

……ぼくの生存を願ってくれた、幼馴染みがいるように！

「過去を変えることは誰にもできない。現在《いま》を変えることだって大変だよ。けどさ、先生」

同じぐらい。

「未来を閉ざすことだって、できやしないんだ。あなたの押しつけた正しい物語は、こうしてご都合主義に敗北する。当然だよな……物語の締めくくりは、大団円じゃなきゃだめなんだから！」

「――――」

「さあ、世界はあるべき姿に戻るぜ！　なぜって、乙姫は一度、死んだんだからな」

「は、はは……」

男が。

悠久の時を生きてきた男が、力なく、笑った。

「なんだね、それは？　それではまるで、僕は」

キラキラと、キラキラと。

カオスの海が。黒き龍の骸が。虹色あくまが。

そして、彼の姿さえも輝きのなかに消えていって。

「可能性に、負けたみたいじゃないか――」

あきれ果てたような独白。それが、最後だった。

「……さよなら、先生。あなたとの想い出も、ぼくはきっと忘れないよ」

彼自身がなにより尊んだ、そして、引き返すことができないぐらい背負い込み、盲信したものによって、太上老という不死人は消滅した。

同じように世界もまた、正しい形へと還っていく。

虹色あくまは、人の姿になって、島へと飛び。

世界龍は崩壊し、そして。

「乙姫……」

「うん」

少女が頷く。

彼女の身体もまた、光の粒子へと変わりつつあって。

「やっぱり、消えるのか」

「やるべきことはやったので」

「一個だけ、質問させてくれ」

本当は、たくさん言いたいことがある。

もっとずっと、一緒に話していたい。

けれど、それはあんまりにも。

あんまりにも、格好がつかないから、ひとつだけ。

「おまえは、生きることができたのか……？」

その問いかけに、彼女は一度目を伏せ。

「私、たくさん間違ったんだ。スゴくいっぱい、失敗を繰り返したんだよ」

……らしいな。

「でも、だけどね。最後まで、頑張ることができた。真一くんや、友ちゃん。夏希ちゃんに、蛍ちゃん。この島の人たちと出逢って、変わることができた。だから」

だから。


「私の命は、きっと輝いていたよ！」


はじけんばかりの笑顔で、彼女が答えたとき。

ひとしずくの輝きが、空から降ってきた。

それは、乙姫の喉元で形を作る――きれいな、逆鱗を。

今度こそ、なり損ないの人魚は、輝ける龍へと完成して。

「真一くん、ありがとう。私、みんなに会えて良かった。だって、ほら」

少女は、大きく手を広げ、周囲一帯を指し示す。

そこには。

「大好きな海を、見ることができたから！」

一面の大海原が。

青い、蒼い海が、広がっていて。

ああ、そうだ。この色だ。

海の色は、黒ではなく海色。どこまでも遠くへつながる、乙姫の瞳の色だったんだ。

「バイバイ、私たちのヒーロー」

耳元で、小さな声が聞こえた。

はっと振り返ったとき、もうそこに少女の姿はなく。

「……ああ」

天へと昇っていくのは、無数の光の泡。

代わりに空からは、雲間より覗く青空が。

無数の薄明光線《エンジェルラダー》──天国への階段が、海へと伸びて。

「……おい、まじかよ？」

そして、ぼくは落下する。

なんか奇跡の力とかなくなって、海へと向かって真っ逆さまに。

どうやら今度はぼくの番。


──ひとが、空から落ちる音を聞いた。

なんだか、悪くない音だった。

どっぷーん！

結構な高さから海面へと墜落し、盛大に水柱をあげて、痛みに耐えつつ海上を目指す。

こんなところで溺れ死ぬのは、いくらなんでも格好がつかない。

なんとか浮き上がって、息を吸って、肺が痛んで。

「は、ははは」

ぽろぽろと両目からこぼれる熱くてしょっぱいものを無視しながら、ぼくは大空へと向かって大声で叫んだ。

聞かなくともわかる、答えの決まり切っている、問いかけを。

「乙姫ぇえええ！　おまえ——アオハルできたのかよぉおおおおおおお！！！」

かくして、ぼくらの長く短い夏は。

やさしい潮騒の中、幕を閉じたのである。

終章　空想力学少女と青い海

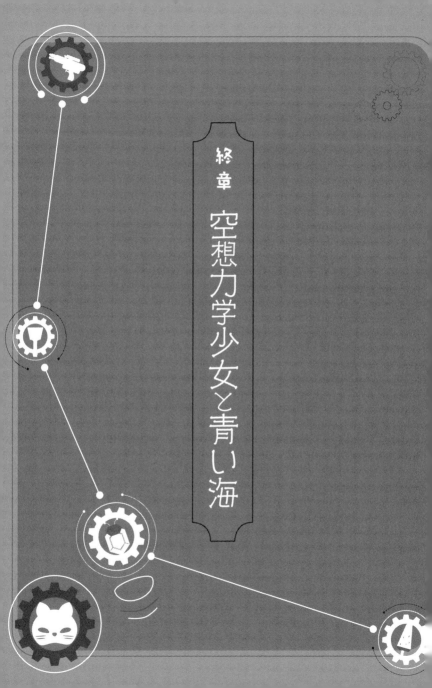

諏訪部夏希は、暑さに喘いでいた。

着古したジャージをパタパタとやりながら、何度目の夏だろうかと考える。

「あれから五年だよ」

ぶっきらぼうに答えたのは、ウェーブのかかった髪をした優男——御室戸忌部。しかし、かつてその端正な顔を染め上げていた憎悪は、いまやなりを潜めていた。

五年。その歳月へと、夏希は思いを馳せる。

集団幻覚——巨大な龍が島を破壊するという有り得ない光景は、そのように処理された。

無論、夏希は自分自身に起きたことを覚えているし、それは目前の優男もそうだろう。あるいは、島民全員、覚えているのかも知れないが。

しかし、口に出す者はいない。辰ヶ海島の人間は、とにかくノリがいいからだ。

島の様子は以前となにも変わらず、閉ざされた鉱山と発電所ぐらいしかない。けれど、その変わらない日常こそを、夏希は愛おしく思う。

いや……厳密に言えば変わったのだ。

たとえば忌部。彼は島に戻ってきた。

出て行くことも可能だったはずなのに、残って郷土史の研究なんてものをやっている。

ときどきこの店にやってきては、机を兼ねた鉄板の前へ居座って、嫌味と悪態をまき散らす。

「親分！　アイス、ちょうだい！」

そうこうしていると、可愛らしい声が飛び込んできた。

夕凪蛍を筆頭とした子どもたちが、遊びの帰りにやってきたらしい。昔は人見知りだった彼女も、いまではすっかり子どもたちのリーダー格に収まっている。誰の影響かは、明白だ。

「……あ」

「なんだよ」

とはいえ、まだまだ子どもである。忌部の顔を見ると半べそになって、こそこそ隠れてしまう。蛍たちに怯えられても、彼はしばらく動こうとしなかったが、やがて頭をバリバリと掻いて、立ち上がった。

「昔の不器用な誰かさんを見てるみたいで、無視できないだろ？」

そう告げてやると、忌部は渋面になり。

「……俺のことはなんでもお見通しのつもりか？　保護者気取りはマジで気持ち悪いぞ」

「また来いってことさ。夜ならワタシが、サービスしてやるからさ」

「自分の歳、考えろババア」

「言い寄られるのがイヤなら、二度と来なけりゃいいだろ？」

彼は、ただでさえ渋かった顔つきを、これ以上無く顰《しか》めて。

たっぷり数分押し黙り。やがて、こう言い放った。

「俺は、おまえのことが嫌いだ。けど、おまえの作るもんじゃ焼きは好きなんだよ……毎日、作ってほしいぐらいにはな」

夏希は糸目を見開く。

蛍も目を丸くする。

それから子どもたちが、きゃっきゃ、きゃっきゃっとはしゃぎはじめる。

「告白だー！　婚約だー！」

「うるさいがきんちょどもめ、食っちまうぞ！」

「きゃー！」

黄色い悲鳴を上げて逃げ惑う子どもたちを、忌部が追いかけ回す。

そんな様子を微笑ましく見詰めながら、夏希はお人好しの後輩を思うのだった。

「これが、おまえの守ったものだぞ、いまひとつ？」

§

——あの夏から、どれぐらい時間が経っただろうか？

忙しすぎてろくに覚えちゃいないが、物語には節目が必要だ。

いい加減、海士野真一《ぼくい》のエピローグを語ろうと思う。

それは、蝉の声がうるさい夏。とても暑い夏のこと。

辰ヶ海島の一角で、幼子に語りかけるひとりの成人男性——つまりは大人になったぼくがいた。

「こんな話をしたら、君は笑うだろうか」

「どんな話？」

「昔話さ。ずっと昔、この島の海がな、青くないときがあったんだ」

「うっそだー。お父さん、嘘ついてるー！」

やはり、君はそうやって笑うのだ。

けれど愛しい子よ。ぼくらはすでに、証明を終えている。

「本当さ。だからぼくらは、海が青いことを忘れないために、青い海が大好きだったぼくらの恩人を想って、君へ名前をつけたんだ」

大切な我が子に。

ぼくらの空想力学、願いの結晶へと。

〝青海《あおみ》〟という名前を贈った。

「……あっという間だったよ。君が生まれる前も、生まれてからも、とても楽しくてな」

とある幼馴染み同士が結婚する未来は、どんな希望よりもまばゆくやってきて、それよりも輝く子どもがここに生まれた。

それは昨日のことのようで。

あるいは遠い昔の、おとぎ話のようでもあって。

「真一は知らないでしょ？　あのときあたし、乙姫ちゃんと、きちんとお別れをしたのよ？　あんたのことを頼むって、危なっかしいからって、額にお祝いの口づけまでされてさ」

妻は何度もこの話を繰り返す。そう念を押さなくても、別に疑いやしない。

だって、ほら。

聞こえてくる潮騒は、まるで人魚姫の歌声のように。

大切な親友の、笑い声と同じ音色を奏でいて。

こうやっていつでも。いつまでも。

ぼくらを見守り、祝福してくれていると、わかるのだから。

そう、だから。

「青海。楽しいことをしよう」

「たのしいこと？」

「うん。楽しくて、かけがえのないことをやろう」

エンドマークにはまだまだ早い、これからもずっと続いていくだろう君の未来が輝かしいものになることを祈って。

この夏のはじまりに、すてきなことをはじめよう。

さあ、愛しい我が子よ――

「――青春《アオハル》っぽいこと、しようぜ？」

END

あとがき

こんにちは。あなたが手にしている本の作者、雪車町地蔵です。

「ゆきしゃまち」ではなく「そりまち」、まずはこの点を覚えて行かれるとよいでしょう。

セカイ系はよい文明ですね、少女を救うことも世界を守ることも、1グラムだって違いはない。そんなことを風の噂が言っていました。

本書はアオハル全開系エンタメ伝奇です。田舎の原風景を筆頭に、ノスタルジックな一面が覗きます。当たり前のような顔で幻想が横に居座っていますが、ご愛敬。これも味です。

甘酸っぱい恋物語。荒唐無稽でお年頃な思想にかぶれた少年少女がハチャメチャをやらかすさま。若さゆえの葛藤と挫折。このような要素が山盛りに詰め込まれた本書は、特定の年齢層には郷愁をもって、あなたにとっては新鮮さを伴って、清々しい読書体験を提供すると信じています。そうであるなら素敵です。

ところで冒頭を読まれましたか？　あの内容が回収されたとき、あなたはこの世界のヤバさを知るでしょう。ぜひお手元の本を携え、レジへとスキップで向かうことを推奨します。きっと〝彼女〟のように、周囲の視線を独り占めできること請け合いです。あるいは既に読後である場合、私は感謝の念を表明するでしょう。たいへんよき。あなたはひとりの作家を救いました。

さて――本作表向きの題材は、ハンス・クリスチャン・アンデルセン御大の人魚姫。あと中二病です。後者については痛々しさの中に垣間見える気遣いや強がりなどを味わうのがいいでしょう。

では、裏の題材が何かと言えば——ずばり、ゼロ年代へのアンサーソング！

……どうやら作者の方が痛々しかったようですね。まるで珍味です。

噛めば噛むほど味がする出来映えになっていればよいのですが、エモーショナルなあれやそれ、つまりは推しポイントを堪能していただけたでしょうか？　具体的にはひまわり畑に消える感傷的美少女などです。

はてさて……つらつらとここまで書き連ねてきましたが、最後にスペシャルサンクスを。

本作を見いだしてくださったキネティックノベルス様、凝り性な作者に的確な道しるべを示してくださった担当編集様、美麗極まるイラストで登場人物たちに命を吹き込んでくださったさとみよしたか様、毎度私に酒と肉を奢らせようと画策する謎の師匠S＆N、多大な影響を与えていただいた大いなる諸先輩方、なによりも本書を手に取ってくださったあなたへ、心よりお礼申し上げます。

ありがとうございます。

もしも次がありましたら、是非とも再会致しましょう。

だからその日まで——アオハルっぽいこと、しつづけようぜぇー？

２０２３年９月某日、某所にて『青のすみか』を聞きながら
雪車町地蔵

空想力学少女とぼくの中二病
～転校初日にキスした美少女は、
アオハル大好きな人魚姫でした～

Kinetic Novels

キネティックノベルス

空想《くうそう》力学《りきがく》少女《しょうじょ》とぼくの中二病《ちゅうにびょう》
～転校初日《てんこうしょにち》にキスした美少女《びしょうじょ》は、アオハル大好《だいす》きな人魚姫《にんぎょひめ》でした～

2023年 9月29日　初版第1刷 発行

■著　　者　　雪車町地蔵
■イラスト　　さとみよしたか

発行人：天雲玄樹
企　画：キネティックノベル大賞
編　集：豊泉香城（ビジュアルアーツ）/黛宏和（パラダイム）

発行元：株式会社ビジュアルアーツ
〒531-0073
大阪府大阪市北区本庄西2-12-16 VA第一ビル
TEL 06-6377-3388

発売元：株式会社パラダイム
〒166-0004
東京都杉並区阿佐谷南1-36-4 三幸ビル4A
TEL 03-5306-6921

印刷所：中央精版印刷株式会社

ISBN978-4-8015-2505-4　　Kinetic Novels 005

キネティックノベルス
最新刊！
著：サンボン
画：濱田麻里
第１回　キネティックノベル大賞
佳作 受賞作品
2023年
秋発売予定
戦隊ヒロインのこよみさんは、
いつもごはんを邪魔される！
～君の想いが、料理が、ウチを強くする～
（受賞時のタイトルです。
発行の際には書名が変更
される可能性があります）
キネティックノベル大賞
Kinetic Novel Grand prize
ノベル＆シナリオ部門　イラスト部門　音楽部門　受賞作品一覧　過去開催受賞者　Q＆A
キネティックノベル大賞は、ノベル＆シナリオ部門を年3回、イラスト部門と音楽部門は年1回の開催を予定
pixiv
ニコニコ
VISUAL ARTS
共同開催!!
求む、明日を担うクリエイター
第9回
キネティックノベル
大賞予定
ノベル＆シナリオ部門
イラスト部門
・ノベル＆シナリオ部門
・イラスト部門
・音楽部門
（イラスト部門、音楽部門は
年１回の開催です）
ゲーム化進行中
第１回大賞
「ホーリーアンデッド」
第２回大賞
「根暗なクラスメイトの胸を間違って揉んだら、
いつの間にか胃袋を掴まれていました！」
キネティックノベル大賞は、
年３回開催で募集中です！